睦家四姉妹図

Fujitani
Osamu
藤谷治

筑摩書房

目次

第一図　揺れる貞子と昭和の終わり　7
第二図　不安な陽子と世界の変容　39
第三図　悩む恵美里と日本の亀裂　67
第四図　苦しむ夏子と恐怖の大王　97

第五図　梶本さんが台所に立った日　127
第六図　「このごろのサダ子さん」　157
第七図　「ユートピア」が通り過ぎる　189
終景図　楽しき終へめ　221

イラストレーション
ながしまひろみ

ブックデザイン
アルビレオ

睦家四姉妹図

第一図
揺れる貞子と昭和の終わり

写真：前列右より、睦八重子《むつやえこ》（五十歳）、睦昭《むつあきら》（五十一歳）。

後列右より、睦恵美里《むつえみり》（十三歳）、睦貞子《むつさだこ》（二十四歳）、睦夏子《むつなつこ》（二十二歳）、睦陽子《むつようこ》（二十歳）。

睦家応接間にて、一九八八年一月二日。


貞子が帰ると、家の中には誰もいなかった。

「明けまして、おめでとうございまあす……」

人の気配は全然しなかったけれど、一応、挨拶しながら入って行った。コートを脱ぎ、荷物と一緒に応接間のソファに放り出し、台所の方をチラッと見たが、やはり無人である。

「ふん……」

貞子はため息をついた。

見ると大きなテーブルの上に、おせちの詰まった重箱が並べてあり、取り皿や箸も出しっぱなし、朱の杯のいくつかは、お屠蘇《とそ》が少し残ったままになっている。

「どこ行ったんだよう……」

貞子はひとりごちて、まだ使われていなさそうな箸を取り、重箱の中から数の子の大きな一切れをぱくっと口の中に入れた。

誰もいない家に貞子が平気で入ってこられたのは、玄関に鍵がかかっていなかったからである。

貞子がこの家に住んでいた時から、家の鍵は寝る前にしかかけないでいた。施錠という観念がこの家にはないらしい。住んでいた時には、そんなものかと深くも考えなかったが、東京にマンションを借りて一人住まいをするようになってからは、こんな不用心は恐ろしくてしょうがない。

もっともこの家の周囲は、静かな住宅街である。田舎といってもいいくらいのところだ。

会社の人に、実家はどこにあるの？　などと尋ねられると、貞子はちょっとしたいたずら心で、こう答える。

「原宿です」

たいていの人が誤解して、すげえじゃん！　とか、お金持ちなんだね！　といってくるのが面白いから、わざとそう答えているのだが、嘘ではない。そしてもちろん（というのもおかしいが）、それは東京の原宿ではない。貞子の父、睦昭が八年前に中古の二階家を買ったのは、神奈川県横浜市、戸塚区にある原宿というところなのである。

国道一号線と環状四号線が交差する大きな交差点を中心とした小さな区域であり、もとは農村だったが、今は横浜や東京に勤める人たちのベッドタウンになっている。睦家はその、全国的にも知られているという大きな交差点から、藤沢方面へ少し行ったところの住宅街にあった。

原宿の交差点が有名なのは、ここが日本でも有数の交通渋滞地域だからだ。今でも相当な混雑ぶりだが、貞子の学生時代は、今以上にひどかった。彼女はその被害を、まともに受け続けたものである。父がこの家を買った八年前、次女の夏子と三女の陽子は中学生、四女の恵美里は小学校に入る前で、みな通学は徒歩で済んだが、すでに横浜の私立高校に通っていた貞子は、どうしたってバスを使わないわけにはいかなかった。渋滞しなければ十数分で国鉄の戸塚駅に着くはずなのに、朝は一時間はかかると見て家を出なければならなかった。

就職して間もなく貞子が一人暮らしを始めたのも、この交通渋滞が大きな理由だった。海も港もはるか彼方の地味なところだが、横浜市内ではあるというのに、地下鉄も電車もない。かつては大船駅まで通っていたというモノレールも、今は残骸のような太いコンクリートの橋脚をそこここに残しているだけだ。再び運行させる計画があると、近隣の噂で聞いたこともあるが、その気配は貞子が物心ついてからこの方、一度もなかった。

父の昭も東京に通勤しているが、通勤上の不便は感じていないだろう。八重子が毎朝、車で戸塚駅まで送りに行くからだ。貞子の母は、夕方も父からの電話を受けて駅で迎える。貞子もこの送迎に同乗することはあったが、時間が合わないことの方が多かった。貞子以上に満員電車を嫌う昭は、朝は六時前の電車に乗ってしまう。好き勝手な時間に出社できるのだ。社長だから。

昭は秋葉原で小さな会社を経営している。なんの会社だか、子どもたちにはよく判らない。たまに遊びに行くと、いつも何かを作っている。作っているものはその時その時でまるで違う。細い鉄の棒を動かす装置を作っていたり、コンピュータのアクセサリを作っていたり、銅板に商品のロゴを印刷していたりする。どうやら昭が考案したものを企業に提案して注文を受け、制作して納品するまでを一手に引き受けているらしい。そして父の考案は、時代や取引先の要請によって、種々雑多なものになるようだ。忙しい時には娘たちも手伝わされることがある。陽子はハンダ付けが誰よりもうまいと、父はよく褒めた。細かい作業が苦手で、すぐ飽きてしまう貞子は、父の会社にふさわしくないアルバイト学生だった。

――数の子やお煮しめの里芋、鮭の昆布巻きをつまんでいたら、小腹も満たされた。それでもまだ、誰も帰ってこない。

貞子はピアノの蓋を開いて、退屈しのぎにぽろぽろ弾いてみた。貞子が幼稚園の頃から家にあるヤマハのアップライトである。長らく住んでいた辻堂の家から運んできた。中学生の頃にレッスンを止めてからはめっきり弾かなくなったが、今のように家に人のいない時など、おぼつかない記憶でソナチネを鳴らすことがある。

昔の楽譜がまだ残っているかもしれないと、本棚の奥を貞子が探しているところへ、ガレージに車の入ってくる音がした。

丸くて小さな日産マーチから、五人下りてきた。運転席から八重子が、助手席から昭が出てきて、窓越しに貞子を見つけて嬉しそうに手をふった。

「お姉ちゃん来てる！」陽子の声はガラス越しにも聞こえた。

夏子と恵美里は車から下りながら、何か小声で言いあっている様子だった。

「なんでいつも私が真ん中なの？」

家に入ってからも恵美里は新年の挨拶もせず、夏子と陽子に文句をいっていた。

「あんた一番痩せてるんだから」

夏子は疲れたような声で答え、貞子に、

「おめでとう！」と笑顔を見せた。

「明けましておめでとうございます」貞子は家族全員に一気に挨拶をするつもりで、大声でそういうと、

「どこ行ってたの？」

「映画だよ」訊くまでもないでしょといった、陽子の口調だった。「恒例の寅さん」

昭の大好きな『男はつらいよ』の新作を年末年始に家族で観に行くのは、睦家の行事も同然

だが、貞子は高校生になって以来、付き合っていない。あの映画はどれも人情味が鼻につくし、現代的でもなく、まったく芸術的ではない。一人暮らしの気楽さのひとつは、好きな時に好きなだけ三鷹や自由が丘の映画館で、ゴダールやロッセリーニの映画を観られることだ。時にはオールナイトで古い映画を五本ぐらい立て続けに観て、早朝の電車に乗って帰ることもできる。学生時代から、門限などにはあまりうるさくない両親だったが、さすがに朝帰りは、娘のこっちが気まずい。

応接間とドア一枚へだてたところに台所があり、普段はその奥にある食堂でテレビを見ながら食事をするが、久しぶりにみなが集まるこんな日は、台所から応接間に食事を運ぶ。

運転席から出てきてそのまま台所に立った八重子の横に、貞子は立った。

「お母さん、座ってりゃいいじゃないの」

そう声をかけた夏子は、鍋を火にかけていた。

「貞ちゃんこそ大変だったでしょう」八重子は夏子の言葉を無視して、冷蔵庫からお菓子など取り出して運んだ。「今来たの?」

「ちょっと前」

「お母さん、映画館でもグーグー寝てたんだから」八重子が離れたすきに、夏子が貞子に耳打ちした。「もう歳だよ」

「こっち、勝手にやっちゃおう」貞子も小声でいった。

戻ってきた八重子に貞子は、

「もういいから、応接間で座ってて」といい、夏子は、

「台所にいっぱいいいたら邪魔だから！」と追い払うようにいった。

八重子は明らかに機嫌を損ねた顔で、応接間に戻った。

「そんな言い方しなくたって」貞子は夏子を叱った。

「あれくらいいわないと、お母さんてずっと働いちゃうんだもん」夏子は言い返してきた。

そうなんだよなあ。貞子は思った。それに、のべつ親と一緒にいた時には、自分もそんな物言いをしていたかもしれない。

「でも、それにしたって」貞子はいった。「誕生日なんだからさあ」

家を離れて一人暮らしをして、八重子の誕生日が一月二日というのは実に好都合だということに、貞子は気が付いていた。二日に帰ることが家族中の決まりごとになっているのだから、わざわざ前日の元日に帰ったり、電話をかけたりする必要がない。一人で住んでいれば、大晦日は友人と出歩いたり、男と一夜を明かしたりするから、元日は二日酔いだったり寝乱れたままだったりすることが多いのだ。親だろうが誰だろうが、とても人前に出せない顔をしているのが常だし、そこからシャワーだメイクだと、よそ行きの外見をこしらえるのも面倒くさい。

人に姿を見せるのは二日からだと決まっていれば、元日はぼんやりと、大晦日までの疲れをいやすのに費やすことができる。

一方で一月二日が母親の誕生日であれば、その日に実家に帰って、家族と顔を合わせることで、三が日をぐずぐず、だらだら、めそめそと、文字通りの寝正月で過ごさずにも済む。年末年始特有の、空しく歳をとっていくことへの憂鬱や、人間存在の根幹に関わるほどの寂しさ、そしてすべてに対して投げやりになる怠惰……。母の誕生日は、そういったものから自分の身を起こし、立ち上がって歯を磨かせ、髪を洗わせ、身だしなみを整えさせる、一種のゆるい強制力にもなっている。

今日は八重子が、ちょうど五十になる日だった。

「このお雑煮、私が作ったんだ」夏子は平気で話を変えた。「ささみの代わりに、豚肉多めに入れてみた」

中学からバレーボールに打ち込み、八重子と同じミッション系の高校を卒業してスポーツジムに就職してインストラクターとして働き始めた夏子は、姉の貞子より背も高く、髪はいつも短く刈り、色は黒く、肩幅もがっしりとしている。例年の鶏や里芋の入ったお雑煮では物足りないのだろう。餅を焼くために貞子が数を尋ねると、ほかのみんなは一つ二つなのに、夏子だけは「四つで」と、こともなげに答えた。

陽子と恵美里は応接間のソファに陣取って、取り皿におせちを山盛りにして、明るく笑って台所に近寄りもしない。陽子が大晦日までこの家を隅々まできれいに掃除していたことはみんな知っているし、まだ中学生の恵美里は楽しそうにしていてくれればそれでいい。おのおのに適所がある。ただこの適所は不公平であるから、しょっちゅう口論になる。

「陽ちゃん、お膳運んで！」夏子が叫ぶと、

「恵美ち、お膳」と陽子が代理を出す。

「なんで私が」

「見りゃ判るでしょ」陽子はいった。「今忙しい！」

「っざけんな、もう！」

そういいながら、わざとドシドシ音を立てて恵美里は台所にやって来て、貞子からお膳を受け取った。

「陽ちゃん何やってんの？」夏子が訊いた。

「マリオだよ！」恵美里は苛々と答えた。「陽ちゃんまだ海の中から出られないんだよ。一年もやってんのに。あの人ゲームの才能なし。やめた方がいいよ」

恵美里は機嫌が悪くなると早口になる。それがまた何ともいえず愛嬌があって、聞いていると可愛くて笑ってしまう。堂々たる体軀の夏子や丸々太った陽子と同じ姉妹かと思うほど、ほ

っそりとして足が長く、小さな顔に艶やかな長髪を誇る中学生の恵美里は、三女の陽子よりなお六歳も若く、貞子とはほぼ十のへだてがあるので、家族中からお人形のように愛されていた。

「ゲームでテレビが見られない。駅伝がどうなったか知りたいのに！」

箱根駅伝第三区のスタート地点は原宿にほど近く、国道一号線を走り抜けていく。沿道に住む多くの人々にとってと同じく、駅伝は睦家の一大関心事である。朝は睦家総出で沿道に出て、新聞社が配る紙の旗を振る。彼らが走っているあいだの通行止めも、このあたりの交通渋滞の原因になっている。

「駅伝なんて、終わるの明日でしょ」もともと駅伝にもさして思い入れのない貞子が、さらりとそういうと、

「お姉ちゃん往路の結果がどんだけ大事か知らないの？」と恵美里に突っかかられただけでなく、

「復路だけ見たって半分も面白くないよ！」応接間の陽子にまで批判された。

「じゃゲームをやめてニュースを見せろっての！」

「お姉ちゃんさ」

応接間と台所で駅伝の話題がかまびすしくなったのを見計らったのか、夏子がそっと近づいてきた。

「うん」

「今日、こっち泊まる？」

「あの、帰るつもりだけど……」

マンションに、男が来ることになっていた。

「そう」夏子の声は、さびしそうにも、外を警戒しているようにも聞こえた。「じゃ、あとで時間作って」

「いいよ。何？」

「ちょっと相談」

駅に迎えに行かなくても、男はマンションまで来るだろう。しかしドアホンを押しても返事がなかったら、帰るしかないだろう。それでもいいような男ではあった。夏子が相談を持ちかけてくることなんか、めったにない。

二人は「Happy Birthday YAEKO!」と書かれたチョコレートが乗っているケーキを持って応接間に戻った。

五色の小さなロウソクに火がともされ、明りが消され、ハッピ、バースデー、ツーユー、と歌が歌われ、八重子が火を吹き消すと同時に家族が拍手した。母親がいつまでも子どもっぽく、自分の誕生日に自分で手を叩いているのを見て、貞子は苦笑しながらも嬉しかった。

娘たちからプレゼントが渡された。五十の節目というので、みな自分たちなりに贈り物を考え、貞子はティファニーのブローチを持ってきたのだが、夏子のストールも陽子のセーターも、恵美里が自分で編んだ毛糸の帽子には敵わなかった。八重子は嬉しそうに泣いた。

ケーキを食べながら一同の話題は、いつの間にか駅伝から今日の映画の話になっていた。「寅さん」はどんどんつまらなく、ワンパターンになっているが、今日のはここ数年では出来のいい方だったらしい。

「でも子ども出して泣かせるなんて、やっぱり駄目よ」

ケーキの一番大きな一切れを平らげた八重子が、ついさっき自分が子どもで流した涙も忘れて、夏子の持ってきたどら焼きを頬張りながらそういうと、

「そういうもんでしょ、寅さんて」陽子が反論した。

「でも、なーんか。ねえ?」

八重子が目を向けると、昭は苦笑して、

「グーグー寝てた人にいわれてもなあ」といった。

昭は毎回誘うくせに、寅さん映画のような時代遅れのものを観に行っているのが、照れ臭い様子でもあった。

貞子は寅さんの新作などどうでもよかったが、ふと、

「いつもみんな、どこで観てるの?」と尋ねた答えに、興味をそそられた。

「ドリーム名画座だよ」陽子が答えた。

「ドリーム名画座ってまだあるの」貞子は驚いた。「だってあれ、ドリームランドの映画館でしょう?」

「そうよ」

「ドリームランドがなくなったのに、映画館だけ残ってんの」

「ドリームランドだって、まだあるんだよ」昭は笑った。「貞子が知っている頃とは、ずいぶん変わっちゃったけど」

貞子が幼かった頃には、原宿の交差点を混雑させる最大の原因が、交差点のすぐそばにある横浜ドリームランドの入場客だったのである。開園したのは一九六〇年代の半ばで、当時は大船駅からモノレールが通じていた。貞子はそのモノレールに乗った記憶がうっすらとあるが、二歳下の夏子になるともう憶えていない。二年ほどして運行中止になってしまったそうだ。開通したその日、走っている最中にドアが開いて大事故になるところだったという噂を、貞子は聞いたことがあった。モノレールが走らなくなって、交通手段は車とバスだけになり、原宿の道は休日になると平日よりもさらに混雑するようになった。

睦家からドリームランドへは、歩いても行かれる距離だが、貞子は小学校を出て以来、足を向けていない。それは彼女が姉妹の中でただ一人、華やかだった横浜ドリームランドを知っているからだった。幼かった頃に見た、あちこちにウサギさんやリスさんがいて、風船をくれて、遊びきれないほどの遊具が果てしなく広がっていた「夢の国」は、両親に連れて行かれるたびに規模が縮小していった。アトラクションは次々に閉鎖され、音の割れたスピーカーから賑やかな音楽らしきものが、誰もいない場所に向かって響き続けるような遊園地になってしまった。「半分くらい団地になっちゃって」八重子が付け加えた。「貞ちゃんの好きだったケロヨンのショーも、もうないわよ」

そこから思い出話が始まった。めいめいが勝手に喋り合い、口を挟み、誰の話に答えているかも、誰が話しているかさえも判らないような談笑になるのは、いつものことである。「あったねえ、ケロヨン」「知らないそれ」「恵美ちは寂れてからしか知らないもんね」「それいわれるのがホント悔しくて」「じゃ陽子は潜水艦知ってる?」「潜水艦なんかなかったでしょ」「あったんだから。人魚が泳いでたんだから。ね?」「ボートは?」「そりゃ貞子は一番憶えているだろうなあ」「ボートって何」「二億年前の世界に行くボートがあってさ。川の中から恐竜が飛び出して来て、それが恐くて恐くて」「シャトルループは憶えてるけどねえ」「シャトルループの下の売店にパンツ売ってたんだよ。恐くてオモラシする人がいるからって」「嘘だあ」

子どもたちが他愛もないことで涙を流して笑っているのを、八重子はにこにこしながら聞いているばかりだったが、夏子から、

「お母さんは何を憶えてる？」と訊かれると、

「くじゃく」と答えて、娘たちをはっとさせた。

「公園の芝生に、くじゃくが放し飼いになってたでしょう。あれは綺麗だった」

「いた、いた！」と夏子が声をあげ、

「くじゃくなんて、いたかなあ」貞子が首をかしげた。

「乗り物とか、憶えてない？」

「あんまり乗ってないからね」八重子はいった。「お弁当を持って行って、芝生で食べてると、くじゃくが来て。あれは本当に綺麗だった」

酒の味を覚え始めた二十歳《はたち》の陽子は、父の相手をしてお屠蘇からワイン、ブランデーまで呑んでどんどん笑いが止まらなくなり、七時を過ぎた頃には、昭と口論のような社会批評のような、ロレツの回らないでたらめをべらべらと語り合い続けるようになった。姉妹のうちでもっともふくよかな陽子は、その堂々とした見た目とは裏腹に神経は繊細だし手先も器用で、横浜にある編み針の会社でレースを編み、コースターや帯どめを作っているが、家では誰よりも図々しく振る舞い、好きなだけ飲み食いをしている。外での気苦労を発散しているのかもしれ

なかった。

話があるという夏子のことが気になって、呑める貞子は呑まなかった。夏子はいつにもまして母親を助けているように見えた。

「写真撮るぞー」

赤ら顔の昭が、もう十年以上も使っているニコンの一眼レフを持ってきた。

貞子が一人暮らしを始めて、まだ家にいる娘たちも出歩きがちになり、家族がいっぺんに顔をあわす機会がめっきり減ったためだろう、昭は八重子の誕生日ごとに、家族写真を撮りたがるようになった。

一堂に会するとはいっても、貞子はいつ来るか判らないし、夏子や恵美里はふらりと友だちに会いに行ったりして、全員が揃うタイミングは難しい。写真なんかイヤだ、顔がテカってるなどと言い出す娘もいる。今みたいに、酒が入って皆が上機嫌なあたりが、ちょうどいい頃合いなのだった。

「タイマーセットできる?」「三十秒なんて長いんだからね。二十秒でも長いくらいだから」「そこお父さんが入るから空けときなさい」「お姉ちゃんお尻くっつけないでよ!」「テーブルの上片付けないでいいの?」「あ!　目つぶっちゃった!　もう一回頼む!」

女たちの勝手な言い草を、昭はにこにこしながら聞き流す術を身につけていた。

酔って歌いだした昭を風呂に入れ、陽子を部屋で寝かせ、八重子と恵美里がテレビを見始めると、九時に近かった。夏子は貞子を台所に手招きし、冷蔵庫からアイスクリームを出してきたが、貞子はもう何も食べられなかった。今から東京に戻っても、どうせ男は帰っているだろう。そう思うと気が楽になったようにも、口惜しいようにも感じて、貞子は落ち着いた顔を保つのに苦労した。

「あのさあ」

誰も聞いていないのに、夏子は声を潜めた。

「何よ」

夏子はしばらく黙ってアイスクリームをほじくっていたが、やがて口を開いた。

「天皇って、もうじき死んじゃうのかなあ」

「えっ。なんで?」

夏子の質問があまりにも思いがけなく、夏子らしくもなかったので、貞子は思わずそう訊き返した。

確かに天皇の健康状態は社会的には大きな関心事のひとつだった。去年の天皇誕生日の祝賀会を中座したのは、嘔吐したからだと伝えられたし、秋口には腸閉塞か何かで手術を受けた。

術後の経過は順調で、暮れには公務にも復帰したが、八十五、六歳での開腹手術というだけでも危うく、報道ではお元気な様子だとか、手術を担当した外科医は天下の名医とかいう話題が主だったけれど、世間ではもうそろそろなのではないかと囁かれていた。

それはそうなのだが、活発でさばさばしていて、常に身体を動かすばかりの夏子が、そんな天皇陛下の御病状などという、こちらシモジモの日常には縁もゆかりもない話題について、やけに深刻な顔で質問してくるのは、突拍子もない驚きであった。

「聞いた話なんだけど」夏子は内緒話をするように、貞子に身体を寄せた。「天皇が死んだら、パーティとかしちゃいけなくなるらしいじゃない」

「しちゃいけないってことはないだろうけど……」

「でも、いけない空気になるっていうのよ」

「どうだろう……」

これまで、天皇のことなどろくに考えなかった貞子だが、どうやらいよいよらしいとなると、敬愛とか崇拝の念などはないけれど、一種の気の毒な感じが胸に滲みこむようなのを覚えることもあった。しかし、だからといって自分が何をどうしようとも思わないし、どうにもなりはしない。

そのあたりが自分だけでなく、世間の反応ではないだろうか。会社の中で天皇の「御不例」

を話題にする人は殆どなく、四十代の上司が酒の席でこっそり不謹慎な冗談を飛ばして、貞子の世代にかえって顰蹙を買うくらいなものだった。同僚たちが気にかけているのは、むしろ尾崎豊の逮捕とか、ボウイの解散宣言のことで、社会的な事件についても、天皇の病状より十一月の大韓航空機爆破事件の方が、話題の中心になっているように思う。

「手術がうまくいったんだから、当分大丈夫なんじゃないの?」貞子はいった。「知らないけど。なんでそんなこと気にしてんの?」

夏子はほんの少し顔を歪めた。

「カッチャンが、今年は結婚式できないんじゃないかって」

「あんた結婚するつもりなの」

カッチャンや結婚式という言葉を夏子の口から聞いて、天皇も何も一瞬で吹き飛んでしまった。昨年の秋から年末にかけての睦家最大の懸案事項が、このカッチャンだったのである。

色気のカケラもない日焼けしたスポーツウーマンの夏子が「友だち」を連れてきたのは十一月の二十三日、勤労感謝の日のことだった。貞子がはっきり日付を覚えているのは、それが彼女が原宿に帰った日だったからである。もっとも貞子はカッチャンを見ていない。横浜で映画を観た後、日が沈んでからちょっと立ち寄るつもりで帰ってみると、玄関を開ける前から八重子と夏子がいい争っているのが聞こえたのだった。

「イヤなんでしょ！　カッチャンが嫌いなら嫌いってハッキリいえばいいじゃないの！」

「嫌いなんていってないでしょ、ひと言も！」

貞子が台所に入ると、夏子は食堂と廊下のあいだに立って泣きながら怒っており、八重子は流しで赤い顔をしながら大量の皿を乱暴に洗っていた。いつも使う皿ではなかったから、来客が帰ったばかりのようだった。

子どもの時分から、八重子と夏子はしょっちゅうケンカをしていたから、貞子もある程度は慣れっこになっていたが、いい歳をした女二人が泣き叫んでいるのは、みっともいいものではなかった。

「どうしたの二人とも。落ち着きなさい！」

貞子が親も妹も同時に一喝すると、夏子はわざとドタドタ床を踏み鳴らして部屋に閉じこもってしまい、八重子は、

「バカ、バカ！」と口の中で呟きながら泣き出した。

まずは八重子の落ち着くのを待ち、それから話を聞くと、カッチャンなる男が貞子の来る一時間くらい前まで、遊びに来ていたらしい。

「どんな人？」貞子が訊くと、

「どんな人もこんな人もないわよ」八重子はつっけんどんに答えた。「今日初めて来て夏ちゃ

んとコソコソ話してご飯食べて持ってきたケーキ自分たちで食べて帰ってっただけなんだから。どんな人だか判りません」

　だが八重子の口調は、それだけでカッチャンへの嫌悪を表明しているも同然だった。貞子は母を落ち着かせるために、しばらく食卓の前に腰かけ、黙って置いてあったどら焼きをつまんだ。

「ほんとにどうしようもない、あのヒステリー」八重子はひとり言を聞こえよがしにいった。「ガキンチョじゃあるまいし、二十歳もとっくに過ぎたいい大人じゃないの。結婚でも何でもすりゃいいのよ。こっちがナーンにもいってないのに、勝手にギャーギャー、ギャーギャー。いい迷惑だ」

「どうしちゃったのよ、もう」

　頭に血が昇った八重子の声を聞いていると、貞子まで苛立ってきそうだった。

「どうもしやしないわよ」

　そういいながら話し始めた八重子の泣きべそ混じりの説明によると、カッチャンは「前髪を垂らした、陰気で背の高い男」で、こちらが話しかけてもひと言かふた言で「面倒臭そうに」返事をし、「それだって何をいうのも口をとんがらせて小さなマルの形をして喋るから、半分も聞き取れなかった」という。夏子が人を連れてくるとは思わなかったから、八重子は慌ててありあわせのもので食事を作ってもてなしたが、そのあいだ夏子とカッチャンは応接間の隅のソファに座り、「二人でばっかり」「しょぼしょぼ」話しているだけだったそうだ。

「それで自分たちの持ってきたケーキを自分で食べて、帰ってったわよ」八重子はいった。

「それだけ」

「それだけで夏ちゃんがあんなになるわけないでしょ」貞子はいった。「お母さんだって」

「あたしが何よ？」八重子は突っかかってきた。「あたしが何、どうしたっていうの？　あたしは冷静ですよ？　この家にヒステリーは一人だけ！」

「そおお？」

貞子がややからかい半分で言葉を継ごうとした時、夏子の部屋のドアがばん！　と音を立て、夏子が出てきた。大きな旅行カバンを引きずっている。台所の前を通って玄関に通じる廊下を、どしどし音を立てて歩きながら、

「長々お世話になりましたッ！」

家を出るという態度である。芝居がかっているなあとは思ったが、同時にその迫力は見紛いようもないものだから、貞子としては止めないわけにいかなかった。

「やめなさい夏ちゃん、馬鹿々々しい」

「いられないいんだよ、こんな家！」

涙と悔しさで丸い頬を真っ赤にした夏子は、はからずも子どもの頃の面影をあらわにしていて、貞子は不意に可愛らしさと、いいようのないあわれを覚えた。

「もう、どうしたの！」

二階のドアが開く音と一緒に、恵美里の声がした。階段を下りてくる足音は、一人ではなかった。

「恵美ちもいたの？」貞子はあきれた。「お父さんも？」

「あんまりうるさいから、避難してた」昭は眉間にしわを寄せていた。「恵美里と買い物でも行こうかって話してたんだよ、うるさいから」

「ほらね！」夏子が叫んだ。「この家の人は、私のことなんかなんとも思っちゃいないんだよ！」

「なんとも思ってないのはそっちだろう」昭は厳しい顔で、静かにいい返した。「人の家に来て挨拶もろくにしない。こっちが話しかけても返事どころか目も合わさない。お前の顔ばっかり見て、二人で話してるだけだったじゃないか。こっちは無視されたようなもんだ」

「繊細な人なの！」夏子は口答えしながらも、声の勢いはしぼんでいた。「あんなにみんなで囲んだら、プレッシャーに感じちゃうんだよ！」

「囲んだって」昭は笑った。「睦の家に来たら睦に囲まれるのは判り切った話じゃないか」

なんの涙か、夏子は俯いて唇を噛んでいた。

「お母さんも悪い」昭は続けた。「あの態度はない」

「そうよ」夏子は俯いたままいった。

そこから八重子と夏子、昭のいい合いが始まったので、貞子は少し離れて食卓のどら焼きの続きを食べることにした。恵美里はとっくに口論から距離を置いて、台所で紅茶を淹れていた。

「陽子は?」と貞子が尋ねると、

「会社の友だちと」恵美里が答えた。「ボウリングだったかな。カラオケかな」

「うるさいっ」という夏子の怒鳴り声は、そんな二人に向けられたものではなかった。「あたし、ほんとにこの家の子供なのかって、ずっと思ってた」

それを聞いて恵美里は少し顔をこわばらせたが、貞子は噴き出してしまいそうになるのを、堪えなければならなかった。

「昔っから、あれ」

紅茶を二つ持って隣に寄り添うように座った恵美里に、貞子は耳打ちした。

「私は嫌われてる、この家の子じゃないって、小学生の頃からずっといってる」

「だけどそれって、ちょっとおかしいよね」恵美里は真面目にささやき返した。「夏ちゃんがいちばん似てるもんね、お母さんに」

「瓜二つだよねえ」貞子はクスクス笑った。「顔だって後ろ姿だって、全部おんなじだもん。性格だって」

「ねえ」

しばらく口論を続けて、夏子は何かののしりながら自分の部屋に閉じ籠った。

「どんな人だったの、恵美ちから見て」貞子は小声のまま尋ねた。「クーチャンだっけ」

「カッチャンね」恵美里は訂正した。「夏ちゃんが良ければいいんじゃないの？　私は御免蒙るね。暗いんだ。ああいうタイプに惹かれるんだーと思って。インテリタイプっての？　夏ちゃん教育がないから」

恵美里はそういって、イヒヒヒヒ、と笑った。

――そういうカッチャンである。そして貞子にとっては、それだけのカッチャンだ。その後は今日に至るまで貞子は原宿の家に帰っていなかったし、だから顔も見ていない。たまに電話をしても両親からも夏子からさえ、その男の話が出るわけでもなく、ましてそれからカッチャンと会った睦家の者はいないようだった。貞子も自分からその話題を家族に持ちかけるのは、口論の記憶も生々しく、どうせ面白くない話になるだろうと思って避けていた。あれからさして日を経ているわけではないが、貞子は半ば以上忘れていた。まして夏子が結婚を考えているなど、思いもよらないことであった。

「向こうがそういうこと、すごく気にしてんのよ」

夏子はアイスクリームをスプーンで掻き回しながらいった。

「政治とかにもすごく詳しいし、頭のいい人だから、そういうのが見えちゃうんだろうね。天皇が弱ってる時に、お祝いっぽいことなんかしても、ヒンシュク買っちゃうんじゃないかって、ずーっといってんの」

「うーん……」

じゃ天皇が死んでから結婚すればいいじゃない、という言葉は、二人のほかに誰も聞く者のいない家の中のこんな場所でさえ、貞子には憚られた。天皇であろうとなかろうと、人の死を待ち焦がれるような真似はしたくない。

「そんなすぐに結婚しなくてもいいんじゃないの？」

貞子は思っていることを遠まわしにいってみたが、

「嫌だよ」夏子にはしっかり通じてしまった。「天皇が死ぬまでなんか待てないでしょ。いつ死ぬか判んないんだし。死んだらすぐ結婚式オッケーってことにもならないんでしょ、多分」

もちろん夏子はここで話を持ちかける前に、あらかじめ自分で考えていたのだ。この先の見通しを澱みなく話せるのも無理はないと、貞子は感心した。

「カッチャンはねえ、今年だけじゃないだろうっていうの」夏子はため息をついた。「今年死んでも、それから一年くらいは日本中が喪に服すんじゃないかっていうの」

「一年てことはないんじゃないの？」

「どうなるか判らないっていうの」夏子はなぜか少し、身を乗り出した。「日本人て、実はすっごく……なんだっけ……そう、プリミティブなんだって。普段は世界の最先端みたいにしてるけど、いざ天皇ってなったら古代人と同じになっちゃうんだって。だから死んだらみんな悲しくなっちゃって、悲しくないとかいってる人は村八分にされるって。カッチャンはそれが心配なの」

「村八分にされたくないわけだ、カッチャンは」

貞子はおうむ返しにそういっただけだったが、夏子はそれを聞いて顔をしかめた。

「誰だっていやでしょ、村八分は」

「そうね」貞子はおとなしく頷いた。「カッチャンがほかの人を村八分にするとか、そういう意味でもないもんね」

「カッチャンはそういうのが一番嫌い」夏子は断言した。「天皇中心主義とか、みんな同じじゃなきゃいけないとか、それ一番ダメ。ポストモダン社会は価値の相対性が重要なんだから」

でも村八分はいやなんだ、とは、貞子はいわなかった。心なしか自慢げな表情の夏子は、難しい言葉を覚え込まされて褒められ、自分も満足しているように見えた。

「あんたは結婚したいわけ」貞子はいった。「急ぐことないんじゃない？　まだ二十二でしょ。お母さんだって結婚したの、二十四とかそのくらいだよ」

「今から準備したって、結婚する頃には二十三だよ」夏子は眉間にしわを寄せた。「別に早くないよ。私この家、出たいもん。とっとと結婚したいよ」

「カッチャンて人、仕事は何してんの？」

「塾の先生。N塾っていっぱいあるでしょ。あっちこっちで教えてる。人気あるんだって」

「どこで知り合ったの」

「うちのジムの常連さんの友だち」夏子は照れたように笑った。「飲み会に来てたの」

「いいなあ」貞子は羨ましかった。「ジムって出会いがありそうだよね」

「まあ、あるね」夏子の機嫌は、幾分か明るくなったようだった。「お姉ちゃんとこはどうなの」

「あたしの会社？　全然」

貞子が顔の前で手を振る仕草は、自分でもぎこちなく、笑顔もこわばっていたが、夏子は「ふーん」と、アイスクリームのカップの底に目をやるばかりだった。

陽子じゃなくてよかったと貞子は思った。小意地が悪いと感じるほど察しのいい陽子だったら、今の貞子を見ただけで、何もかも見抜いてしまっただろう。貞子に男がいることも、それが同じ会社の人間であることも。その男が今、貞子のマンションの前か外かで彼女を待っていることや、男に別居中の妻がいることさえ、遠慮なくいい当ててしまったかもしれない。いや、そんな男と付き合っているのが、不倫という流行しているらしいスリルや、テレビドラマのような悲しみを感じさせてくれるかもしれないという、実験じみた動機で始まったものだとすら、ばれてしまったのではないか、陽子にだったら。

親も家族も、ことによったら相手の男の気持ちすら見えなくなるほど、一直線に恋から結婚という道だけを見つめている夏子に、貞子は無意味な申し訳なさを感じた。心がいじましく捻じれていくようでもあった。

「あんた、食べ過ぎじゃないの？」

貞子は夏子のアイスクリームに目をやりながらいった。

「おせちだってバクバク食べたんでしょ。お屠蘇も飲んだし。太るよ」

「身体動かしてるからいいの」

「気が緩んでんだよ」男がいるから。安心しきってんだよ。もう女房気取りなんじゃないの。

「お姉ちゃん、帰るんじゃないの？」夏子は何をいわれても平気なように、貞子には見えた。

「遅くなるよ。車出す人いないもん」

「いいよ別に」男はもう手遅れに決まっていた。「バスあるでしょ」

「三が日だよ。どうだろう」

明日も休みなら、泊まっていけばいいのにという八重子を振りきるようにして、貞子は原宿の家を出た。

バスは休日ダイヤで運行していた。戸塚行きのバスは最終が行ったばかりで、下りが一本だけ残っていた。しかし下りのバスに乗れば、国鉄……ではなくなった、ＪＲには、藤沢駅から乗らなければならない。

初春の夜に一人、わけもなく——いや、わけはあるのか——心を荒ませ、冷たい風に曝《さら》されながらバスを待つのは、貞子には妙に心地よかった。

第二図

不安な陽子と世界の変容

写真：前列右より、睦八重子（五十四歳）、睦昭（五十五歳）。後列右より、睦陽子（二十四歳）、睦恵美里（十七歳）、睦貞子（二十八歳）、大石夏子（二十六歳）、大石光雄《おおいしみつお》（二十五歳）。睦家応接間にて。平成四年一月二日。

大石さんと夏子を向かい側に座らせて呑んでいる昭は機嫌よく笑っていたが、陽子は父が少し気の毒だった。

陽子は二人が来た時から、ある程度の距離を置いて座っていたし、挨拶と乾杯が終わってからは貞子と一緒に食堂に移って、応接間にいる三人の会話には加わらないでいたが、それでも酒の入ったお喋りは声が大きい。

どうやら大石さんは、昭のことを独立して成功した実業家と見なしてアドヴァイスを受けたがっているらしかった。昭はそれに応じてあれこれ機嫌よく話しているようにも見えたが、陽子に言わせれば、父は実業家というより、ただ一人で勝手に仕事をしていたいから自分の会社を持っているだけである。職人気質でもある昭と、なんでもいいから人の上に立って一旗あげたいだけらしい大石さんでは、相性がいいわけがなかった。

ただでさえ陽子は、夏子の結婚に心細さを感じてしまうのだ。二番目の姉である夏子が、家族の前でカッチャンの話を一切しなくなったのは、確か平成元年の終わりごろからだった。そりゃそうだろうと陽子だけでなく家族全員が思った。体育会系で、頭脳よりもはるかに感情の働きがまさる夏子と、あの頭でっかちでセゾン系映画やらニューアカやらと口走っていたカッチャンが、そもそも長続きするわけがなかったのだ。夏子の一時の気の迷いに付き合わされた睦家こそいい迷惑だった。

翌年の夏には、夏子はこの家に大石さんを連れてきた。肩パッドのバッチリ入ったベージュのダブルのスーツを着て、たっぷりポマードをつけた髪の毛の、前髪だけを細ーく垂らした細面の顔は、明らかにちょっと前に流行した柴田恭兵の影響を丸出しにしていた。もっとも、顎が尖って黒目勝ちの顔は、真似をしている当の俳優よりも陽子の好みではあった。面食いの夏子はなおさら夢中になったに違いなかった。

夏子の勤めるスポーツジムに運動器具を納めている会社の営業だという大石光雄は、顔だけでなく自身もスポーツマンで、つい最近までバレーボールの選手だったという。その割には背はさして高くなく身体つきも華奢な感じがしたが、夏子がまったく無邪気な口調で、

「脱いだらすごいんだよ」

と言ったのには、昭も八重子もへぇーそうなのぉ、などと感心してみせたけれど、陽子は内

心、その生々しくも屈託のないひと言に気分が悪くなった。

　カッチャンの時のような軋轢はまったくなかった。昭も八重子も快く大石さんを迎え、大石さんも謙虚で真面目な態度を崩さなかった。何よりこの男と一緒にいる時の夏子は明るくて気楽そうであり、睦家の人間は夏子の結婚に、ほかに何も求めてはいなかったのだ。とりわけ陽子はそうだった。

　夏子は陽子の二つ年上、貞子は四つ上で、成人した今にして思えば大した年の差でもないけれど、陽子が物心ついた頃には、もう貞子は立派な大人のお姉さんに見えた。

もっとも貞子が、これといってお姉さんらしい気遣いを、夏子や陽子にしていた記憶はあまりない。むしろ彼女が大人に見えたのは、みんなといても一人でいるような雰囲気を、つねにまとっていたからだった。

　貞子は子どもの頃から読書が好きで、自分の部屋を持ちたがり、陽子と夏子が、三人でキャンディーズの振り付けを覚えようよと持ちかけても、みっともないといって応じなかった。仕方がないから、というわけでもなかったが、陽子たちは二人でできるピンク・レディーの曲を片っ端から真似たものだ。家族中が『太陽にほえろ！』の特別篇を見ると決めた時に貞子が泣いて抗議し、一人で部屋に閉じこもってしまったのは、同じ時間帯に別のテレビ局で放送した『七人の侍』を観られなかったからだった。

貞子はそんな長女だったし、恵美里が生まれたのは陽子が七つの頃だったから、陽子が一緒にいたのはいつも夏子だった。洋服の貸し借り、雑誌やマンガの回し読み、泣き叫ぶ大喧嘩、恐いトンネルでの肝試し、女の子の気まずい悩み相談、といった姉妹らしい思い出は、すべて夏子とのものだった。夏子のことは両親よりもよく知っていると、陽子は思っている。

だから心細いのだ。夏子がどれほどダメな女であるか、陽子ほど証拠を握っている者はいない。とりわけ男に対してダメだ。カッチャンだけの話ではない。貞子と違って夏子は恋多き女ではないが、その少ない恋の相手を、夏子は必ず間違える。誘いに応じることは滅多になく、男に注文が多いのだが、その注文はほとんど常に顔に対する注文なのである。あの人は目が垂れているだの、ほっぺたがだらしないだのと、男を顔面でふるいにかけ、あげく金も仕事もないような美青年に入れ込んだりする。

「あの人はそんなだらしない人じゃないもん！」

付き合い始めにそういって陽子と言い争い、

「あの人は私がいないとダメなの！」

と陽子に食ってかかって、それから別れた男もいた。

大石さんは今までの男たちに較べれば、かなりマシだなと、陽子は思っていた。夏子ごのみの顔立ちであるのは夏子の勝手であるとして、仕事もあるし態度も常識的だ。夏子と同い年で、二人で並んでいると男の方が少し頼りなさそうには見えるけれど、それもまた夏子が男に求める頼りなさであり、実際の大石さんが頼りない男かどうかは、また別問題である。何より、大石さんは夏子ときちんと結婚した。……なかなか雑な結婚ではあったけれど。

というのも、大石さんと夏子は土曜日の朝に睦家の応接間で婚姻届を書き上げ、市役所に提出すると、その足でお互いの職場に出勤していつもと変わらぬ仕事をし、終えるとそのまま相鉄線二俣川《ふたまたがわ》駅にほど近いカフェバーを貸し切りにして家族や友人を呼び、結婚披露パーティを開いたのである。

二人がどれほど周囲の人々に好かれているかを、如実にあらわすパーティだった。十数席ほどのカフェバーに三十人以上が集まり、入れ代わり立ち代わり、増えはしても減ることのない客たちは、新郎新婦に次から次へと勝手な祝辞を述べたり、いきなりギターの弾き語りを披露したりした。挨拶の言葉や隠し芸の最中でも、会場は談笑で溢れかえっていた。見知らぬ同士だった客たちも大石さんか夏子の話題で仲良くなり、無礼講に昭も八重子も、大石さんのご両親も大喜びだった。人見知りというより殆ど人間嫌いの貞子すら、男たちに囲まれてまんざらでもなさそうだった。笑顔を絶やさないようにしながら、内心では店内の人いきれとタバコの煙に辟易していた陽子は、喧騒を露骨に嫌がって汗までかいている恵美里の手を取って少しずつ脱出を図ったが、店の外でもあぶれた招待客たちが、階段にしゃがんでビールや水割りを酌み交わしていた。未成年の恵美里は心底うんざりして、あんなんだったら私は結婚なんかしない、とのちのちまでいっていたが、陽子はその時こそ困惑はしたけれど、思い返すとくすくす笑いが漏れてしまうような楽しさが残った。夏子にふさわしいパーティだったのは確かだった。大石さんの友人が撮った8ミリビデオも、ちょっと冗長だけれどあの場の雰囲気が気持ちよく出ていた。

そのパーティが八月のことで、あくる正月二日の今日だから、大石夫妻のたたずまいがこなれていないのは、当然といえば当然だ。陽子が心細く思うことはないのかもしれない。陽子が夫婦というものを知らないだけなのかもしれない。

それでも陽子は、ほんとに大丈夫かな、と気分が落ちつかない時に出てくる、にやけた冷笑が口元に浮かんでくるのを、とめることができなかった。

あーあ、しゃっちょこばっちゃって。大石さんと昭のグラスを見ながら、少しでも中身が減るとビールを注ぎ足している夏子の殊勝さが、陽子にはわざとらしいとしか見えなかった。アルコールの入った昭の饒舌な思い出話は、沈黙を恐れているのが明らかだったし、その饒舌にやたらと頷いている大石さんが、無理をしているのはいうまでもなかった。

しかも漏れ聞こえる大石さんの話は、地価公示価格がどうしたとか、譲渡所得の税率とか、そんなことばっかりだ。運動器具の販売とは何の関係もなさそうだし、新婚生活とも関係ない。

今日は正月二日で、八重子の誕生日である。大石さんて、こんな日にそういう話ができる人なんだ。陽子はそう判断せざるを得なかった。

そしてそういう一切が、遠目に盗み見ているだけで見えてしまう自分、そのにやけ顔も、陽子はイヤだった。私は夏ちゃんをあざ笑っているんじゃない。お父さんはもちろん、大石さんすら馬鹿にしてない。二人がうまくいくかどうか、心配しているだけだ。それなのに。自分でもうまく説明がつかないのだが、陽子の中では、純粋な思いやりと冷笑とが、しょっちゅう同居してしまうのである。

「お父さん、平気なのかなあ」

陽子の心内を知ってか知らずか、貞子が近寄ってきて、小さな声でそういった。

「何が」

陽子はとぼけた調子で問うた。貞子の心配そうな顔のわけが、本当に判らないのでもあった。

「大石さん、土地ころがしの話してるでしょ」貞子はいった。「マンションを買って、転売して儲けたい、みたいな話。お父さん、そういう話、今いちばんしたくないと思うな」

「どうして?」

「だって」貞子は心持ち眉間にしわを寄せてささやいた。「こないだお父さん、辻堂《つじどう》の家を買わされたばっかりじゃない」

「それで?」

陽子が何も知らない様子なのを見て、貞子はあきれたようだった。

昭が辻堂の家を買ったことくらい、陽子だって知っている。

それはこの原宿の家に引っ越す前に、睦家が住んでいた家である。小高い丘の上から海を見晴るかす、二百坪ほどの土地に、もとは古い洋館が建っていた。大正だか昭和の初めごろに、製鉄会社の重役だった八重子の祖父、貞子たちの曾祖父が建てた家だった。長らく祖父母が暮らしていたのだが、教育者だった祖父が東京の私立高校の校長に就任して通勤に不便になった。子どもたちに自然の豊かな環境を与えたいと考えた昭は、みずからの通勤の不便は犠牲にしてそこを借りていた。

貞子が高校二年生、夏子が中学を卒業するまで、睦家は古くて広々としたその家で育った。烏帽子岩《えぼしいわ》の浮かぶ茅ヶ崎《ちがさき》の海岸や、帰り道の途中に生えていた小さな実のなる枇杷の木を、姉妹たちはよく憶えている。

昭が原宿に家を買ってほどなく、辻堂の古い屋敷は取り壊され、改築された。八重子の兄である中村勝一郎の発案で、もとの家に勝るとも劣らない、こじんまりとした、品のいい、現代的な家が建つとのことだったが、出来上がってみると中途半端な大きさの部屋が四つのほかにはトイレと浴室と二階のベランダしかない、狭い廊下と急な階段のある家になっていた。改築は勝一郎伯父の家族が祖父母と同居するためだろうと思っていた姉妹たちは、これじゃ二世帯同居なんかとても無理だとささやき合った。ただでさえ以前の洋館に愛着があり、新しい家はきっと旧の屋敷の面影をとどめているだろうと皆が思っていたので、建売住宅をやや大きくしたような新しい家への失望は大きかった。

案の定伯父の家族はその家に住むことなく、引退した祖父母だけが辻堂に戻ってきた。祖父が亡くなったのはそれから数年後、平成元年の夏である。その前後から心身の様子が思わしくなくなっていた祖母の世話を、八重子はことあるごとに見に行かなければならなかった。

昭はその家を買ってくれと、勝一郎から頼まれたのである。そうなった経緯や事情を、姉妹は詳しく聞かされていない。だが勝一郎伯父が辻堂の改築にあたってあてにしていたらしい祖父の退職金や年金が期待はずれだったことや、伯父の財政状況が悪化した……というより、当初の見込みが甘かったらしいことは、いつしか耳に入っていた。

「お父さんは、ただあの家を買っただけでしょ」陽子は声も落とさずにいった。「不動産がどうとか、そんなのと関係ないじゃん」

「関係、ないのよ」貞子は小声ながら言葉を強調していった。「お父さんが投機目的で買ったわけないでしょ。それなのに、ひどいこといわれてるみたいなの」

「誰に？」

「秀原のおじさんとか。――お父さんが辻堂を買ったのは儲けたもんだ、濡れ手に粟だっていったんだって」

秀原は祖母の弟で、やはり辻堂に住む老人である。貞子たちはめったに会わないが、八重子や昭は親戚の義理が続いているらしい。

「年寄りって、土地さえ手に入れれば果てしなく値上がりするって思ってるみたいなの」貞子は続けた。「そんなわけないじゃない」

「そうなんだ」

陽子は不動産のことなど関心がないから、貞子の憤然とした口調も理解できなかった。

「辻堂の家、あれ多分、損するよ」貞子はさらに声を潜めた。「いくらで買ったか知らないけど、売る時に値上がりするとは思わない」

「お父さん、辻堂を売るつもりなの?」

「そりゃ、今すぐじゃないよ。婆ちゃん住んでるんだもん。だけどさ、ここに家があるのに、住むわけでもない家を買わされたってだけでもひどいのに、そういつまで持ち続けたってしょうがないでしょ」

祖母が死んだあとまで、という言葉を貞子が濁しているのは、陽子にも判った。

「不動産で儲けるのなんのって話、お父さん絶対面白くないと思うよ」貞子は応接間の方へ、ちらと目をやった。「お母さんに怒られたもん、私」

「へえ。なんで？」

「十年したら日本の不動産は値段が半分になるっていったから。お母さん、顔がマジになっちゃって、半分になんかなるわけないじゃない、そんな話お父さんに絶対しちゃ駄目よ！　だって」

「お姉ちゃん、詳しいね」陽子は何げなくいった。「なんでそんな話、いろいろ知ってんの？」

「――まあ、雑誌で読んだだけなんだけどね」

「そっか」

さすがに陽子は、それどんな雑誌？　などとは訊いてこなかったので、貞子はほっとした。

二か月ほど前、男が貞子の部屋に持ってきた経済誌に、そんな記事があったのだった。実体経済を反映していない株価の乱高下や、不動産融資を抑制する大蔵省の通達について、今後の経済情勢を危ぶむ内容だった。

「そんな記事、際物だよ」

数日前にパーティで知り合ったばかりだったその男は、ネクタイを緩めながらいった。

「確かに平均株価は下がっているけど、バランスを取ってるだけだ。今まで高すぎたからね。むしろ日本の経済は、これから健全化していくよ。だいいち日本の経済がおかしくなるのを、世界が黙って見ているわけがない」

「そうか」

その時はそう答えた。だがそれから二、三度逢ううちに、その男の薄っぺらな本性――少なくとも貞子に本性と見えたもの――が露わになって、むしろそんな男が否定する記事の方が、信頼できるような気がするようになった。

男への失望が作用したかどうかは判らないが、年末に原宿へ戻った貞子は、言わずもがなのそんな話を八重子に口走り、母親に苦い思いをさせてしまったのである。

「いいんじゃない、いわせておけば」

陽子は重箱の中から海老のつや煮やフライドチキンを取りながらいった。

「どうせ大石さんに不動産なんか買うお金ないよ」

「そうかな」

「あるわけないじゃん」陽子は笑った。「あんな結婚式しかできないのに。新婚旅行だって行ってないんだよ」

「まあ、ねえ……」

大石さんは父から金を借りるつもりではないのかと、貞子は心配していた。あの男が貞子に、それとなく無心を匂わせてきたのは、ついクリスマスの夜のことだった。

「お母さんは？」

貞子は話題を変えた。

「二階じゃない？」陽子はフライドチキンを頬張りながらいった。「新しいマッサージチェア、買ったから」

そんな会話が聞こえたかのような間合いで、二階のドアが開く音がして、

「アッハッハッハッハ！」

八重子が大笑いしながら降りてきた。

「あー気持ちいい。高いの買って大成功だね！　貞子も陽子もやったんさい。背中がもう、すーっと軽くなるんだから！」

八重子の遠慮のない、馬鹿でかい声を聞くと、貞子と陽子は、おのおのの中にあった変に薄暗いものが、つまらない垢か埃のように思えた。

「恵美里もまだ離れにいんの？」

貞子が尋ねた。今日は昼前から来ているけれど、まだ顔を見ていなかった。

「知らない」八重子は肩をすくめてみせた。「昨日から、ずーっと部屋にこもってんの」

「なんかあったのかな」貞子が訊いても、

「さあねー」八重子は気にしていないようだった。「大晦日にデートだったみたいだから、失

敗したんじゃないのお?」

失敗したのではなかった。恵美里は大晦日に、初めて恋人のベッドに誘われたのである。

睦家の一階には渡り廊下があって、その突き当りには、もとの所有者が作らせたと思しき四畳半の茶室があった。睦家が買ってから茶室に使われたことはない。昭が物置を増設したりして作り替え、今は恵美里の部屋になっている。離れているから、姉や両親の話し声は、遠いくぐもった音にしか聞こえなかった。

恵美里はベッドにうつぶせになったまま、シゲのことを考えていた。

関内《かんない》の「マハラジャ」があるエクセレントビルの外で、恵美里はシゲに会ったのだった。恵美里は前髪をカールして、スリットの入った長袖のボディコンシャスなワンピースの上にAラインコート、それに踵が低くて爪先の尖った真っ赤なパンプスといったいでたちで、似たり寄ったりの格好をしている同級生二人と、誰かから誘われるのを待っていた。

恵美里はディスコで金を使ったことがない。ビルの前でしばらくブラブラしていれば、決まって男たちから声をかけられる。そういう連中がすっかり奢ってくれる。もっとも恵美里はそれまで、三回しかディスコに行ったことはなかった。

マハラジャは最初から恵美里の気に入った。横浜の一番きらびやかなところにある有名な店だから、息苦しいほど混んでいる。まともに踊ることもできなくて、足を踏まれないように気をつけながらその場でジャンプだけしているようなこともあった。薄いモスコミュールやカルーアミルクは呑み放題、高校生かどうかを問いただす者はいなかったし、紫のアイシャドーをつけた恵美里は大人びていた。

混雑するディスコの最大の長所は、黙って出て行かれることだ。外にいれば必ず声をかけてくる男がいる、そしたらタダで遊べるよと言ってきたのは、しつこいくらい恵美里を誘ってくる遊び好きな同級生だった。

「恵美里がいたら男の子なんかすぐ寄ってくるよ。可愛いもん。入れ食いだよ入れ食い」

と言う同級生の下品な予言は図星だったが、初めてのディスコだというのに、男たちはろくに踊りもせずリズムに乗ることすらできなくて、やたらと恵美里たちに酒を勧めては、電話番号教えてだの、ポケベル持ってる？　だの（あんな高いもの普通の高校生が持ってるわけがない）、これからどっか行かない？　だのと誘ってきて、恵美里が嫌な顔をすると、奢ったんだからそれくらい当然だろ、などと口をとがらせた。

「私、帰るね」

人ごみをかき分けて同級生に近づくと、恵美里は耳元で叫んだ。音楽がうるさすぎるから、小声では聞こえない。

「えぇーなんでー」同級生はかなり酔っていた。「これからじゃん」

「これからがウザいからさ」

恵美里は微笑みながら、普通の声で言った。聞こえなくても構わなかった。同級生も理解したのかしなかったのか、けだるそうに手を振った。恵美里はそれまで踊っているフリをしてしきりに話しかけていた男に見つからないよう、そっと出て行った。

翌週学校で同級生から聞いたところでは、やはり男は恵美里を探していたそうだ。探して彼女をどうするつもりだったのか、もちろん恵美里には判っていた。そいつと同級生が代わりにどうにかなったのかもしれなかった。そのさまを想像すると、気持ちが悪かった。

それでもその同級生に誘われてまたマハラジャに行ったし、元町《もとまち》でボディコンのワンピースも買った。そして二度目もビルの外で男たちに声をかけられ、タダで店に入って飲み食いをし、汗だくになって踊って、一人でそっと中座した。もう同級生に断ることもしなかった。それで次に顔を合わせても同級生は責めもなじりもせず、むしろ快活に話しかけてきた。

「恵美里のこと狙ってたやつと、明日また会うんだ。へへへ」

同級生の様子から察すると、恵美里が「これから」というところで姿を消すのは、他の女の子たちにとって好都合でもあるらしかった。誰もが認め、時にはあからさまに口にする通り、恵美里はグループの中で最も目立つ、華やかな外見を誇っていた。男たちが本命で狙っているのが彼女であろうことは、皆が暗黙のうちに認めていた。

だから恵美里が中座すれば、男たちは「セカンド・ベスト」を選ぶことになる。そしてセカンド・ベストというのは、気軽に選べるものらしい。同級生の中には男から恵美里について、

「あんな三拍子も四拍子も揃ってそうなのはさあ、高嶺の花じゃないけどさあ」

とあからさまに言われた者もいた。

「高嶺の花にいかない男なんてダメじゃん」

そんな話も出たが、恵美里は曖昧な相槌を打って話題を変えた。声をかけてきた男たちは二度とも、ジャケットの肩パッドに呑み込まれたような情けない身体つきのフリーターだったり、近寄るたびにムスクの匂いが鼻につく赤ら顔の世間知らずだったりした。恵美里はひそかに鳥肌を立てた。そんな男たちが処女の自分を狙っていたかと思うと。

セックスには人一倍興味があったし、バージンなんてカッコ悪いという友だちの考えも――そこには多少、強がるような響きが感じられなくもなかったが――理解できた。けれども酒臭いブ男に押し倒されるようなことはお断りだった。数か月前に文庫本になった『ノルウェイの森』は、ごちゃごちゃした文学っぽいところは判らなかったが、何となく物悲しくて美しいセックスが描かれた、理想のエロ本だった。厚化粧したソヴァージュのアメリカ人がトイレで吐いているようなディスコでナンパされて、桜木町《さくらぎちょう》のはずれにあるラブホテルでするようなセッ

クスなんか、冗談じゃないと思っていた。

ところがそうなってしまったのだ。三度目にマハラジャへ行ったのは十一月の終わりで、恵美里はこれまですっぽかした男たちにまた出くわしてしまうのではないかと尻込みしたが、伊《い》勢佐木町《せざきちょう》は柄が悪いし山下町《やましたちょう》のディスコは年寄りばっかりだと、同級生はシマを変えたがらなかった。ボディコンもパンプスも一張羅で、恵美里は白けた気分だった。

それでもニコニコした男たちは声をかけてきた。横浜国大の二年生三人組で、恵美里は瞬時にそのうちの舘野《たての》シゲユキという男から目が離せなくなってしまった。店内に入っても二人はフロアにさえ立たず奥まったテーブルで向かい合い、二時間もしないうちに、お互いを恵美里、シゲと呼び合うようになった。

恵美里はまずシゲのファッションに惹きつけられたのだった。黒いニット帽から柔らかそうな前髪を出し、チェック柄のシャツの袖を腰で結んで、クリーム色の薄汚れたセーターの下からはみ出させている。ジーパンは穴だらけで、大きな底の厚いスニーカーの紐は地面に垂れるほど長かった。

そのラフなファッションは、一見するとそこらのだらしない学生の普段着のようでもあったが、しかし明らかに着こなしも手間のかけようも違っていた。セーターの汚れは靴墨をほんの少し使ってあえて塗ったものだし、ジーンズの穴や擦れもヤスリを使って場所を選びながら慎重に拵えたものだった。

「洋雑誌とかレコードのジャケット見て、自分でやってみた」シゲは時おり喧騒にそっと眉をしかめながら言った。「見よう見真似で」

「いいね」恵美里は心の底から言った。「新しい」

それは自虐を込めた讃嘆だった。シゲの気楽そうでしかも計算された着こなしにくらべると、周囲の肩パッドで角ばった緑色のジャケットや、自分のくたびれたワンレンが馬鹿に見える。

「よく来るの?」シゲがさりげなく尋ねた。

「三回目」恵美里は何とかして、自分がここにいる連中とは違うと、シゲに思ってほしかった。「ディスコなんて、そんなに面白くないよ」

「なんで」シゲは笑った。

「嘘くさくて」こんな格好してるんだから、笑われても仕方がない。恵美里は思った。それでも言った。「それにこういうの、そろそろ流行遅れだよね」

「だっさい音楽」シゲは肩をすくめた。「あいつらに誘われて、初めて来たんだ。こんなとこ」

「音楽もダサいし、こんな服も馬鹿みたい」恵美里は自分のワンピースの肩のあたりをつまんだ。「ぜーんぶ七〇年代とか、八〇年代の使い回しじゃん」

「八〇年代はスカだった」

恵美里はそれをシゲの思い切った断言だと思って驚き、うっとりとなったが、それはしばらく前に出た「別冊宝島」の受け売りだった。

「音楽なんて最低だ。マイケル・ジャクソン、マドンナ、クイーン、ヴァンゲリス、みんな馬鹿みたいじゃない」

「フレディ・マーキュリーが死んだね」恵美里は最新の話題を持ち出してみた。「エイズだったって」

「ちょうどいい時に死んだんじゃない?」シゲはさらりと言った。「どうせこの先は時代に取り残されて、懐メロになるだけだったし。いつまでもあんな格好で、あんな曲歌ってるわけにいかなかっただろ」

フレディがどんな格好をしていたかは、死去を告げるニュース映像を見て思い出したが、最近の曲は全然知らなかった。恵美里にとってクイーンは、それこそ懐メロだった。

「じゃ、シゲはどんな音楽聴いてんの?」恵美里は話題をそらした。

「こんな音楽」シゲはそう言って、さっきの恵美里と同じように、自分のセーターの肩をつまんだ。「グランジ・ロックって知ってる? ニルヴァーナとか、サウンドガーデンとか」

「知らない」恵美里はぎこちなく笑った。知らないのがとんでもなくダサいような気がした。

「みんな、こんなカッコしてるんだ」

「いいね」

恵美里は呟いた。だがその小さな声がこの騒音の中で、真向かいにいるシゲに届いたとは思わなかった。二人で静かな所に行きたかった。

「自分で着てておかしいけど、もうワンレン、ボディコンの時代じゃないね」

恵美里は聞こえるように声を張った。自分からシゲを外に誘うつもりはなかった。

「女の子の雑誌なんか、けっこうはっきりと、そんな感じになってる。『mc Sister』とか『PopTeen』とか『SEVENTEEN』なんて、全部テイストが全然違うのね。なのに言ってることが同じになってるっていうか、去年あたりから様子が変わってきたの。それまでは大人っぽくキメるためにはお金バンバン使いましょう、みたいな、まあそこまでハッキリ言ってないにしてもさ、どの雑誌もみんなそんな調子で、違うのは洋服の趣味だけだったのに、最近は『ケバケバメイクにサヨーナラー』とか、『一万円で上から下まで全部キめちゃお！』なんて、よくいえばシンプル志向だけど、悪くいえばケチ臭い特集が目立ってきたのね。『Olive』なんか、露骨だよ。ついこの間までさ、リセエンヌがどうしたとか、自分発見とか、ヨーロッパ映画の名作とか言ってたくせに、最近の『Olive』ったら、ファッションにお金をかけたらダメ！みたいな記事ばっかりだもん」

「へえ」

シゲの笑顔がやけに爽やかに見えて、恵美里は不安になった。

「喋りすぎ、私？　こんな話つまんないよね」

「いや、面白い。マジで」シゲは言った。「やっぱ時代が変わってきてるんだなあって思うよ。面白くもあるけど、ちょっと何ていうか……ハラハラするよね。ベルリンの壁がなくなって、ソ連は終わりかけてる。自衛隊は海外に行くようになったし、湾岸戦争だって、終わったんだか、なんなんだか……。世界は変わるよ」

その言葉を聞いた時、恵美里は周囲の音楽も喧騒も、すっかり消えてなくなったような気がした。

「どう変わると、思う……？」

私の声は湿っている。恵美里は思った。色気づいてる。

「さあ」シゲは笑った。

「貧乏臭くなってくんじゃない？　俺の服みたいに」

「貧乏臭くないよ」

「まあね」シゲはすぐに同意して、少し真面目な顔になった。「だけどだんだん、世の中って地味になってるのかもしれない。ケチ臭くなっているのかもしれない。ケチ臭い方が新しいんだ、ってことにしたがっているのかもしれない。女の子の雑誌がそんなことになってるっての、マジで面白いね」

「でもマハラジャは今日も満杯だ」

　認められたような気がして恵美里は嬉しかった。

「ここじゃみんなワンレンで、肩パッドで、扇子持って、モスコミュールを呑んでるよね。じゃなきゃ普通の会社帰り、スーツにネクタイだったり、ローヒールにタイトスカートだったり、単なる大人の酔っぱらいだよ」

「昨日も今日も変化なしか」

「恐いんじゃない？」恵美里は言った。「世の中が変わってるのが恐いんでしょ。だから無理してるんだよ」

「恵美里」シゲは恵美里を見つめた。「お前、ほんとに高校生？　ずいぶん鋭いんだなあ」

　その夜も恵美里は同級生たちを店において出て行ったが、一人ではなかった。二人で呑み直そう、なんてシゲに言われるのを、恵美里は期待していた……というのではない。覚悟して、誘われたら応じるつもりだった。けれどもシゲは、

「また会おうよ。恵美里の普段着、見たいよ」

　とだけ言って、関内駅の前で配っていたポケットティッシュから居酒屋のチラシを抜き出すと、その裏にポケベルの番号を書いて恵美里に渡した。

恵美里はボディコンのワンピースをビニール袋に丸めて押しこみ、押し入れの中に放った。次に約束した土曜日の午後、恵美里は白いニット帽に白いセーター、細身のジーパンに茜色のダッフルコートを着て、同じ関内の駅でシゲと待ち合わせた。

「そっちの方が全然いいじゃん」シゲは驚いたように言った。「なんであんなキャバスケみたいな服、着てたの？」

あんまり人が行かないところに行こう、とシゲが言った時、恵美里は覚悟のような身構えをした。しかし彼が連れて行ったのは、市役所前の大通りを海までまっすぐに歩いていき、しかし山下公園ではなく左折した先にある、流通のための施設みたいなところだった。

「何これ？」

シゲが指さした先にある建物を見て、恵美里は思わず叫んだ。平成の横浜とは思えない、すべてが煉瓦で作られた五階建ての巨大な建物が、朽ち果てる寸前のようになってそこにあった。

「昔の税関だよ」シゲは言った。「もう使われてないいんだけど、すごく広いんだ」

確かにそれは広大な廃墟だった。雑草の生い茂る中に錆びついた線路が伸びていて、転びそうになった恵美里はシゲの腕を摑んだ。横浜港に届いた海外からの荷物を貨物に積むための倉庫だったという長細い煉瓦の建物は、隙間なくスプレーの落書きで埋め尽くされていた。見上げると、二階三階の鉄の扉が開けっ放しだったし、雑草は煉瓦塀を突き抜けて繁っていた。みるみるうちに暮れていく夕焼けの中を、恵美里はシゲの手を借りて廃線の線路を綱渡りのようにして歩いた。

「ディスコなんか、なんで行ったの?」シゲは尋ねた。

「ドキドキしたかったかなあ」ガキっぽいと思われるかもしれなかったが、恵美里は正直に答えた。「大人たちの中に混ざってさ、高校生だってバレないでさ、カクテル飲んだりして。映画の主人公にでもなったみたいじゃん」

「そんなことしなくたって、恵美里は大人だろ」

シゲはどうやら、あまり考えもしないでそう呟いたらしかったが、その時も恵美里は自分に湿り気を感じた。

それから土曜日や日曜日になると、開園したてのコスモワールドや、伊勢佐木町にあるロックのがんがん流れるカフェで、二人は語り合った。会うたびに恵美里は覚悟を決めていた。しかしシゲはそれ以上を求めてこなかった。恵美里は自分がまだ、大人扱いされていないのを感じた。

クリスマスイブにシゲは、「ネヴァーマインド」というニルヴァーナの新しいアルバムをプレゼントしてくれた。ジャケットの、プールの中で一ドル紙幣を追いかけるように泳ぐ丸裸の赤ん坊の写真は微笑ましかった。恵美里は急ごしらえのマフラーをあげた。その翌日、ソ連が終わった。

友だちと遊んでからその足で初詣に行く、と嘘をついて、恵美里は大晦日をシゲと過ごした。シゲの実家は群馬の高崎で、大学に通うために中華街の目と鼻の先にあるワンルームマンションを借りていることは、すでに聞いていた。あちこちを歩いて、予想していた通り、そのマンションに誘われた。紅白歌合戦が見たいと恵美里は思ったが、シゲはテレビをつけなかった。

恵美里は自分が大事にされているのを感じた。

自分の胸が小さいことは判っていた。最初はひどく痛むという話も聞いていた。確かに鈍痛はあったが、受け入れたいという気持ちの方が強かった。経験がないのに、シゲも大して知りはしないんだと判った。激しく動かされると痛いと、彼は暗い中で彼女の全身の表情を読んでくれたようだった。

早朝に帰宅した。家に帰ってもしばらくのあいだ、恵美里は足がきちんと閉じていないような気がしてならなかった。

「よーし、写真撮ろう」昭が一眼レフを持ってきた。

陽子と貞子に挟まれて、恵美里の笑顔はぎこちなかった。

第三図

悩む恵美里と日本の亀裂

写真：前列右より、大石由貴《おおいしゆき》（二歳）を膝に乗せた、睦八重子（五十八歳）、睦昭（五十九歳）。

後列右より、大石和也《おおいしかずや》（一歳）を抱いた、大石光雄（二十九歳）、大石夏子（三十歳）、睦陽子（二十八歳）、睦貞子（三十二歳）、睦恵美里（二十一歳）。

睦家応接間にて、平成八年一月二日。


「ハァッピ、バースデー、トゥ、ユー！　ハッピ、バースデー、トゥ、ユー！」

元気というより勇ましいといったほうが相応しいような声に、恵美里も貞子も引っ張られて歌った。夏子は台所の引き出しを掻き回して、切れ過ぎないナイフを探し、陽子は冷蔵庫からコーラやオレンジジュースをしこたま取り出していた。

甲高く一同の合唱リーダーになっているのは、昭の膝の上に陣取った二歳の由貴の歌声である。大石光雄に抱っこされた一歳の和也は、父親にしがみつきながらも、頭だけでふり返ってケーキを凝視している。歌が終わったらあれが食べられることを、すでに経験で知っているらしかった。

ハーピ、バースデー、ディア、わーたしー！　と、由貴に競り勝つ勢いで歌いながら笑っているのは、八重子である。

貞子はその歌声、笑い声につられて笑みを浮かべながら、母親のたくましさに感心していた。大らかなのか無神経なのか。心配だったあれこれが過ぎ去り、明るさがはじけているのか。……いやもしかしたら、母親が笑っているのは当たり前で、今さら昨年のあれこれを思い返している自分の方が、無駄な不安を抱えているだけなのかもしれない。何しろ去年、親が気をもむような出来事がなかったのは、貞子だけなのだから。その貞子だって、親にも誰にも語ってはいないが、ほんの少しだけ危うい目にあったのだから。

思い返してみると、去年のこの日、八重子の誕生日である一月二日は、こんなに明るく賑やかではなかった。和也は生まれたばかり、由貴も今よりなお幼く、周囲に見たことのあるようなないような大人たちが集まって顔を覗きこんでくるのが恐くて、二人とも泣くのでなければ、夏子にしがみついていた。

赤ん坊が不安がるのも無理はなかった。父親がいないのだから。大石さんは年末から神戸にいた。夏子は始め睦家の者には「出張」と言っていたが、実は横浜のスポーツ用品会社を辞めて、友人に紹介されたというイベント企画会社に試験的に働きに行っていたのだった。

今までの仕事に不満があったわけでもないのに、業種も何もすっかり違う、東京ですらない転職に、夏子はもちろんもとの会社の上司も大石の両親も反対した。大石がそれら一切を撥ね退けて一人神戸に赴いたのは、ひとえに社長の羽振りがひどく良かったからだった。芦屋の高級マンションに住み、腕にロレックスを光らせ、ジャガーの助手席にモデルの女を乗せて銀座にやって来た社長に大石はシャンパンを飲まされた。今の給料を尋ねられ、ウチならぺーぺーでもその倍は出すと言われて大石は家族を連れて神戸に行くとその場で決めたのだった。そんな縁もゆかりもない土地へいきなり引っ越すなんてできないという夏子の反対にも耳を貸さなかった。金を持ってくれれば気持ちも変わるだろうと大石は思ったらしい。試しに年末年始のイベントを手伝いに来いという社長の誘いに応じ、大晦日も正月もろくに連絡のないまま、夫婦は年を越したのだった。

大石が数万の金を持ってボロ雑巾のようになって帰宅した時、すでに夏子は苛立っていた。スポーツ用品の会社へすでに辞表を出していると判ったのはその後だった。夏子は子どもたちの前も構わず泣きながら夫を責めた。なんでそんな大事なことを勝手に決めちゃうの？　六日も拘束して三十日の夕方から二日の朝まで一睡もせず働いた三十近い男にこれっぽっちの金を現金で渡すような会社のどこが羽振りがいいっていうの？　大石はうるさそうにベッドの中に潜りこみ、一発当たればでかいんだと、恐ろしくなるほど幼稚なことを妻に訴え、以後は何を聞いてもろくに返事もしなくなった。三月には家族を置いてでも神戸に移るつもりだった。それが家族のためでもあると、大石は本気で思っていたらしい。

そればかりか大石は、その会社が三連休に主催する「ねるとんパーティ」を手伝うために、十三日の金曜日から再び神戸に入るというのである。夏子は心細さに涙をこぼした。スポーツジムには子どもを保育園に預けられるようになったらすぐに職場復帰できると約束して貰っているが、今は身動きが取れない。大石の持ってくる収入で生活するよりほかにないのだ。いざとなったら睦の両親に泣きつくしかないが、それを大石がなんと思うか判らない。彼は自分の両親には非現実的なほど景気のいいことを吹聴していて、息子はもうすぐ家を買うことにもなっているし、年収は一千万を下らないと両親は信じて疑わない。この嘘だけは死守したいと、大石は夏子に口裏を合わせるよう、もう何年も頼み続けているのである。実の親にさえいい顔をしている彼が、妻の実家に実情を知られたいはずがなかった。

しかし夏子のそんな心痛は、帰宅予定だった一月十七日の早朝にすっかり忘れられてしまったのである。生活費が多い少ないどころではなくなった。涙も出なくなった。

その朝はいつものように六時ごろ目を覚まし——というより、和也の泣き声に起こされて、子どもたちの用事をしながらテレビをつけた。まだ暗かった。早朝の情報番組の時間だったが、画面はアナウンサーが緊張した口調で臨時ニュースを報じていた。家が燃え、道路が歪んでいた。夏子が二人の子どもを両腕で抱きしめながら、呆然とテレビを見ているうちに、被害を伝える映像は規模を大きくしていった。

我に返って大石のホテルに電話をかけたが、通じなかった。大石の実家に連絡すべきだと思いながら、しかしどうしても受話器を持ちあげられなかった。あの気の弱そうな、不都合なことからはできる限り目を背けたがる老夫婦から、どうして息子が神戸にいるのか、なぜそんなところで働いているのか問いただされ、そこからいちいち説明しなければならないのは、今の夏子には気が重かった。

しかし連絡しないわけにはいかない。どうしよう、と思っていると、電話が鳴った。八重子からだった。

「大石さん帰ってきた？」

「まだだよ！」夏子は自分でも判らないが、怒鳴ってしまった。「こんな朝早くに帰るわけないでしょ！」

由貴が泣きだし、つられて和也も泣いた。

「怒鳴らなくたっていいの！」八重子は夏子を、慰めもしなかった。「連絡もないわけ？」

「あるわけないでしょ！　電話が通じないんだから！　くだらないこと訊かないで！」

「なにヒステリー起こしてんのよ！」八重子は怒鳴り返した。「家の中で一人でヤキモキしてるから、そんなんなるのよ！　とっととこっちに来なさい！」

「そっち行ってどうなるっての？　この家に電話かかってきたらどうするの！」

「電話が通じないって言ったの、あんたじゃない！　ばーか！　早く来い！　由貴ちゃんもカズちゃんも泣いちゃってんじゃないの」

「そんな言い方ないでしょっ！」

当時の夏子たちは大和市《やまとし》に住んでいた。子どもたちを車に乗せて原宿まで行くと、そんな日でも昭は出社していたが、八重子は肉じゃがを作って待っていた。応接間のテレビでは、火曜日だというのになぜか『ニャンちゅう』が映っていた。

「子どもに地震の生中継なんか見せちゃダメだと思って」

夏子が来るとすぐに、八重子は言った。

「日曜日たんびに録画しといたのがあるから。ディズニーのビデオもあるでしょ」

子どもたちがテレビに目を向けて静かになると、夏子の身体から力が抜けた。八重子と言い争いの続きをするつもりなど毛頭なかった。八重子も電話でのやり取りを忘れたように穏やかだった。

夏子は一時間おきに大石のホテルに電話をかけ、不通の音を聞いては受話器を置いた。その繰り返しと大石のこれまでの自分勝手をあげつらう夏子の愚痴のほか、地震の話は出なかった。ビデオを見ながら寝入っていた子どもたちが目を覚ますと、八重子は彼らと一緒に「フルーチェ」を作った。

結局その日夏子たちは睦家に泊まり、アルバイトから帰ってきた恵美里や、もとは貞子が使っていた大きな部屋を自分のものにして喜んでいる陽子たちと、地震の話や大石の悪口を喋って気を紛らわせることができた。

大石が帰ってきたのは翌々日だった。泊まっていたホテルは無事だったが、近くの商店で火事があり、停電にもなって身動きが取れなかったと彼は言った。社長のマンションは鉄骨の柱と階段が潰れてしまったらしい。社長の知人に車を出して貰って大阪から帰ってきた。何度死にそうな目にあったか判らない、恐ろしい光景をいくつも見たと喋りまくる大石に、夏子は自分でも驚くほど冷めていた。またすぐ神戸に戻って復興の手伝いをしたいと語るこの男は、親にも家族にも断りなく退職して「ねるとんパーティ」の下働きをしに神戸まで行って、日当を取り損ねて帰ってきただけだ。被災した夫に微かな同情さえ湧かない自分に夏子は驚き、しかし当然だと思った。いつの間にか阪神淡路大震災と名付けられた地震はその後も詳しく報じられたが、夏子はテレビを見てもさして心を動かされなくなってしまった。

大石がそののち神戸に行ったかどうかも、夏子としては定かでない。夫がそう告げて家を数日あけ、帰宅することはあるが、それが本当に神戸での復興支援だったかどうか、夏子には信じられなくなっていた。いわば、信じる必要を感じなかった。どうでもよくなっていたのだ。退職金と失業保険で当座の生活はできていた。あとは一刻も早く自分が職場復帰するまでだと、夏子はそればかり思っていた。

あれから一年近く経った今も、その冷えた心は変わらない。和也を保育所に入れられるようになって、夏子は働き始めた。大石は「神戸の社長が立ち直るまで」のつなぎだと言って、宅配便の運転手を始めた。収入は減り、貯金など望むべくもないが、親に頼るほどではないと、夏子は自分に言い聞かせている。

大石が何を考えているかは知らないし、知りたいとも思わない。ただ体裁を気にするのは相変わらずのようだ。元旦の昨日は大石の家に行って孫を見せ、今日は睦家に挨拶に来た。例年の通りにしきたりを守るつもりなのでもあるだろうし、子どもらを使ってお年玉を受け取りたいのかもしれない……。孫が受け取ったお金を大石に渡すわけでもないのに、夏子はそんなことまで勘ぐるようになった自分が重苦しかった。

「ダーメだってば！」

応接間では陽子が、子どもたちに叫んでいた。

「チョコレートのところはバァバのなの」

「なんで！」由貴が負けじと言い返す。

「なんでも何も」陽子はムキになっているように見えた。「今日はバァバの誕生日なんだから。チョコに書いてあるでしょ。ハッピーバースデー、八重子って」

「判んないよ」

「英語で書いてあるの。だからほかの人はダメなの」

教え諭すような口調の中にも、妙にはしゃいだ気配があった。

「ほんと、観なきゃよかったわよ」

八重子は陽子に渡されたケーキのお皿から、チョコレートの板をつまんで由貴に渡し、隣の貞子に喋り続けていた。

「渥美清って今いくつなの？　八十くらい？　あんなの寅さんでも何でもないよ。もう痛々しくって」

『男はつらいよ』の最新作を、昭と二人で大晦日に観たという。

「そもそも寅さんが、殆ど出てこないんだもん」昭も妻に口をそろえた。「出てきたら、あの団子屋に座りこんじゃって。声は聞こえないし」

「全然聞こえないの」八重子の声はうるさかった。「もう最終回だね、あれは」

両親の話に適当な相槌をいれながら、貞子はちらちらと恵美里に目を向けていた。

応接間のテーブルが混雑しているためもあるだろうが、恵美里はさっきから、人の輪に入らないでいた。ケーキも、陽子に渡された小さな一片を文句も言わず受け取って、窓際のソファに座って一人で食べていた。

「どした」貞子はテーブルを離れて、妹の隣に座った。「元気にしてんのか、おい」

「別に普通だよ」

恵美里は笑ったが、貞子が自分の精神状態を探っているのは判っている様子だった。

貞子が恵美里と顔を合わせるのは、恵美里が石垣島から帰って来てから、これが最初である。十か月か、それ以上も会っていなかった。

――梅雨に入る前だったから、六月の半ばだったろう。貞子は一年ほど前から渋谷区のワンルームマンションに引っ越していた。日曜日の朝、携帯電話ではなく、そこの電話に昭から連絡があった。

「忙しい？」普段と変わらない口調だった。

「そこそこね」二週間ほど連絡していなかった。「そっちは？」

「うん」昭の声は言い澱むようにも、含み笑いのようにも聞こえた。「お父さんもお母さんも元気なんだけどさ」

「なんだけど、何」

「恵美里が家出しちゃってさ」

「ええっ」

貞子は家出ということ自体にも、それを語る父の口調にも驚いた。さすがに軽々しくはないが、深刻に思い悩んでいるという調子でもなかった。

「なんで。どうしたの恵美ち」

「ここんとこ、ずいぶん考えこんでたんだよなあ、あいつ」昭は言った。「学校が性に合わなくて」

ホテルで働きたい、というようなことを恵美里が突然言い始めたのは、高校を卒業して上の学校に進むつもりはないと、一年以上あれこれのアルバイトをしてからのことだった。ホテル学科のある専門学校に通い始めて、まだ数か月しか経っていなかった。

「あいつ、もう二十一だろ。学校行くと、周りは高校出たての若い連中ばっかりなわけだよ」淡々と語りながら、昭は同情していた。「あのくらいの齢だと、それっぽっちの年の差が気になるんだよな。そいでしかも、今までろくに勉強もしてこなかったのに、あれこれ詰めこまれて」

「ああ、それは私も聞いたことあるよ」

英語なんか判んない。ひと月ほど前に会った時、恵美里はこぼしていた。手話までやらされて、頭がこんがらがってんだ……。気ままに育った恵美里にしてみれば、時間通りに授業を受けるのすら、苦痛だったかもしれない。

「頭がパンクしたんじゃないかなあ」昭は言った。「おとといだったかな、置手紙残して、どっか行っちゃったよ。彼氏と」

「カレシと？」驚かなければいけないことはほかにもあったが、貞子はそこに喰いついた。

「カレシって？　舘野さん？」

「誰だよそれ」昭は笑った。「ああ、シゲか。あんなのとっくの昔に自然消滅だよ。今は横尾君っていう人。千葉の市川出身でね、マクドナルドで働いてて、お父さんは銀行員で」

「詳しいなあ」貞子は驚いた。

「昨日電話でずっと喋ってたんだよ。恵美里は横尾君と一緒らしい。駆け落ちしたんだって」

「ちょっと待って。頭痛くなってきた」そう言ったのは比喩ではなかった。貞子は本当にこめかみを押さえた。「駆け落ちって、どういうこと？」

「そこがお父さんもよく判らないんだよなあ」昭は当惑していたが、どことなく面白がっている気配すらあった。「横尾君の置手紙には、そう書いてあったんだって。付き合って、まだそんなに日にちは経ってないはずなんだよ。結婚なんて話も聞いてなかったし、こっちも横尾さんの両親も、付き合うのに反対なんかしてなかったんだけどね。横尾君は横尾君で、仕事のことで悩んでたらしいんだ」

「だけど恵美里だって、年頃の娘なんだし」貞子は、そうは言ったが、ほかに言いようもないから言っただけだった。「だいいち心配じゃないの。どこにいるか判らないなんて」

「どこにいるかは、もう判ったんだ」昭はしれっと言った。「横尾君が、お父さんのクレジットカードを持って行ったんだって。それで向こうが銀行の何かのルートでちょっと調べたら、沖縄の石垣島で使ったってのが出て、一発で判明した」

「なーんだ、じゃ安心……ってならないでしょ！」

話しているうちに少しずつ軽薄になっていくような父と話し続ける気にならず、貞子は八重子に替わって貰った。ところが八重子は八重子で、あからさまにヘラヘラ笑っているのだ。

「タテノがダメならヨコオでどうだ、なーんちゃって」などと言っている。貞子は腹が立ってきた。

「笑い事じゃないでしょ！」貞子は親を叱った。「もっと考えてあげないと！　恵美里の身にもなりなさいよ」

「なるもんか」八重子はずばりと言った。「子どもじゃあるまいし」

「まだ二十一じゃない」

「大人も大人、とっくに一人前ですよ」

「何かあったら、って思わないの？」

「そりゃ、しょうがないね」八重子の言葉は強かった。「生き過ぎたりや二十三、って、芝居の台詞にあるじゃない。自分でやりたいように勝手にやって、死ぬなら死ぬしかないじゃない。それが生き物なんだから。人間は獣だ。あんたにはそういうところが足りないのよ。私、恵美里は偉いと思うね。よくやった」

　貞子はめまいを覚えて受話器を置いた。母の言葉が強がりでなく、本心だと知っていたからだ。それは貞子の幼い記憶に、しっかりと残っていた。

　誘拐事件が世間を騒がせていた頃だった。小学生だった貞子と陽子は、私たちが誘拐されたら、お母さんどうする？　と尋ねた。

「何にもしない」母は厳しい顔で答えた。「覚えておきなさい。お母さんはあんたたちが誘拐されても、お金を払わない。警察にも言わない。何にもしない。それであんたたちが殺されたら、運命と諦める！　だからあんたたち、誘拐されたら、何とかして自分で逃げなさい。逃げて帰ってきなさい。判った？」

　貞子も陽子も、その時は気圧されて、頷きもせず母の顔を見ていただけだった。八重子は毅然としていた。

（今なら……）

　その時のことを思い出し、切った電話をぼんやり眺めながら、貞子は思った。

（今なら私は、母にこう答えるだろう。じゃ一人で逃げる。何としても逃げてやる。だけど、お母さんのところに帰っていくとは限らないからね）

貞子は会社から支給されたＰＨＳをハンドバッグに常備していて、私用にもちょくちょく使っていた。夜も休日もお構いなしに仕事の電話がかかってくるのは閉口だが、こんな便利なものはない。恵美里も持っていればいいのにと、貞子はジリジリした。……だがたとえ妹が携帯電話を持っていても、石垣島に電波が届くかどうかは、確信が持てなかった。

二日ほどして原宿の家に帰ってみると、上がり框に大きな菓子折りが置いてあった。

「開けるなよ」

先に帰っていた昭が、珍しく不機嫌な声で言った。

「送り返すんだから」

「横尾さんから送ってきたの」八重子が説明した。「うちの息子がお宅の娘さんに、申し訳ないことをしてしまいました、だって」

「うちにも会社にも、何べんも電話をよこして、やたらと謝ってくるんだよ」昭は言った。

「失礼な人だね。あんな父親だから、息子も一緒にいられないんじゃないのかな」

「謝ってんでしょ」貞子には、すぐには判らなかった。「何がいけないの」

「だってこの人は、自分の息子が恵美里を連れて行ったと言ってるんだぞ」昭は貞子に当たり散らすのを堪えているようだった。「男が女を連れて行ったと思いこんでるんだ。男の方が主導権を握ってて、恵美里が付き従ったに決まってる、そういうもんだって決めつけてるんだよ。

無礼な奴だ。恵美里がウンと言わなきゃ、二人で出かけられるわけないじゃないか。恵美里が言い出したかもしれないじゃないか。なんで男がイニシアチブ取ったことになってるんだ。何が申し訳ないだ」

貞子には父親の怒りが、理解できたようにも、とんちんかんなようにも思えた。そんなことで怒っている場合か！　とも思った。

けれども昭も八重子も、本来の問題であるべき恵美里の家出、もしくは駆け落ちについては、必要以上の心配をしていないようだった。そういう二人なのだ。彼らがイザとなると、本当に腹が据わって図々しいほどの落ち着きを見せることを、貞子は長い付き合いで知っていた。

実際、それから一週間、二週間経っても、貞子は両親から大した情報を聞き出せなかった。昭たちは恵美里からの連絡を受けていた。（恐らくは）おっかなびっくりだったであろう恵美里に昭が、どこにいるかは知ってるよ、石垣島のナニガシって所だろうと言うと、図星を指された恵美里はビックリしていたそうである。昭はもとより横尾の父親も石垣島に出向く時間の余裕はなかったが、横尾家はどうやら探偵を雇って宿泊所を突きとめたらしい。居場所が判れば、警察に捜索願を出すような「家の恥」を曝す必要はないと、横尾家では考えているようだった。睦家の方ではそもそも捜索願など出すつもりがなかったから、昭たちにとってもその判断は好都合だった。

もちろんそれは、二人が恵美里への思いやりを失ったということではなかった。

「あいつにはさあ、できれば電話しないでくれないか」昭は申し訳なさそうに言った。「お父さんたちも、こっちからは連絡しないようにしてるんだ」

「なんで」貞子は不服だった。

「そりゃ決まってるじゃない」八重子の口ぶりは軽く叱るようだった。「ホテルの専門学校が合わなくて、ノイローゼになっちゃったんだもの。しばらく引きずるでしょ。家族と話したくないんじゃないの？」

　こいつ本気でアイドルとか狙ってんじゃないかと、中学高校くらいまでの恵美里を見て、姉たちは思っていた。そうと思わせるほど、恵美里はやや丸顔ながら人好きのする美貌の持ち主で、自分でも一時期はスタイル維持のために食事の自己管理などしていたらしい。しかし容貌以上に姉たちや周囲を惹きつけたのは、その豊かで明るい表情だった。何をやっても許されてしまう、というのは、恵美里の場合、安い雑誌にあるような「小悪魔的」な魅力ではなく、輝くような笑顔のせいだった。機嫌が悪かったり冷めている時でも、「恵美ち」は朗らかに見えた。

　そんな朗らかさを失っていると自覚しているのなら、確かに人と話したくはないだろう。親に連絡を取るのがせいぜいだろう。貞子は堪えて両親から話を聞くにとどめた。その両親がいつ尋ねても、元気みたいだよ、心配しなくて良さそうだよ、などとあっさりしたことしか答えないものだから、いつしか貞子も他の姉たちも、気にかける度合いを減らしていった。

八月の半ばに恵美里は帰ってきた。

横尾君はその何週間も前に帰ってしまって、恵美里は一人でしばらく石垣港のレストランでアルバイトをしながら、八重山諸島を満喫したらしいと、貞子は父から電話で聞いていた。

「まあ、帰ってきたんだから、いつも通りにしていてやりゃいいんじゃない？」

昭は呑気な口調を装って、顔を見に行くという貞子にさりげなく釘を刺した。

貞子が駆けつけると、原宿の家には先に陽子が来ていて、恵美里や八重子と笑いながら喋っていた。貞子を見てほんの少し気まずそうに微笑んだ恵美里は、しかし謝るでもなく言い訳をするでもなく、貞ちゃんにはこれねと言って「八重泉」の五合瓶とアロハシャツを渡してきた。日焼けして化粧っ気がなく、オレンジ色の安そうなワンピースを着た恵美里は、若々しかった。

「泡盛って、沖縄で呑まないとおいしくないよね」

自分も「八重泉」を貰ったらしい陽子は、そんなことを言いながらも嬉しそうだった。

「知らないよ」貞子が返した。「沖縄、行ったことないもん」

「えっ、ないの？」陽子は大袈裟に目を見開いた。「いいとこだよねえー」

陽子がそういって同意を求めると、恵美里はまた気まずそうな微苦笑を浮かべて頷いた。
陽子は恵美里の帰宅という、いくらでも深刻で説教臭くなりそうな事態を、なんとかやり過ごそうとしている。貞子には陽子の痛々しい努力が判りすぎるほど判った。根は気の小さい、繊細な心配りをする女である。恵美里の心の苦しみや、彼女が自力でそこから脱出した軌跡、そのために周囲にかけた迷惑や自分自身への犠牲……、そんなものをひとつひとつ掘り下げていったら、もはやさばさばした様子の恵美里より、陽子の神経の方が、かえって保たないだろう。

「知ってる？　貴乃花が結婚したんだよ。女子アナと。どこのテレビ局だったかな、あの人。見たことあるんだけど。どー思うぅ？　なんだかねえ」

自分でも本当は興味のない、無関係な話題を陽子は持ち出して、それに八重子が食いつき、恵美里の話はそれでうやむやになった。彼女の感情や石垣島を選んだ理由、それにとうとう顔も見ることのなかった横尾君との関係について、貞子は訊きただす機会を失った。

原宿に越してきた頃の、みんなそれぞれに学生だった姉妹とはもう違うのだ。恵美里が専門学校をやめて、睦家に学生はいなくなった。いやそもそもまだこの睦家に住まっているのは、姉妹ではもう恵美里だけだ。貞子も夏子も三十を越えた。夏子に至っては、もはや睦家の者でもない。

姉妹だからとお互いの心の揺れが理解できるわけでもないし、それぞれに起こったことを我が身に降りかかったかのように引き受けられもしない。それはこの家で一緒に住んでいた時からそうだったのだけれど、こうして無事に帰ってきたのだから、恵美里に何があったのかは触れないでおいてあげようと、言わず語らずのうちに了解ができてしまうのは、皆とうに子供でなくなったとはいえ、長女の貞子には物足りない寂しさだった。

九月になると恵美里は戸塚駅前のデパートで働き始めた。

「ホテルの専門学校がイヤになったくせにね」

何かの用事で貞子に電話をかけてきた陽子が、そう言ってヒヒヒと意地悪く笑った。

「あれは人間関係がつらかったんでしょ」貞子は言った。「接客は好きなんだよ恵美ちは」

「まだアイドルになりたいのかもね。いひひひ」

そんなことを言って人を笑っていた陽子が、数か月後に泣きの涙で睦家に飛びこんできて、食堂のテーブルに突っ伏したのだから、人の運命は判らない。

しかも陽子はぼろぼろ涙をこぼしながら、

「ウィンドウズが、もおぉ！」

と嗚咽の中で怨嗟《えんさ》の声をあげたというのに、睦家の皆は同情しつつも、こみ上げてくる笑いを抑えるのにひと苦労だった。

昨年の夏あたりから大いに宣伝され、いよいよ本格的なコンピュータ時代が始まると吹聴されていたOS「ウィンドウズ95」が、秋葉原で真夜中にお祭り騒ぎがあったというニュースと共に発売されたのは、十一月の終わりごろだった。陽子の会社もいち早くこれを導入し、そのために業務内容が大きく変わったのは、経理や営業だけではなかったのである。

アプリケーションの使い勝手の良さや、プリンターなどの接続の設定が格段に楽になったことなど、目を見張る機能はいくつもあったが、圧倒的だったのはやはり、インターネットへの接続が誰にでもできるようになったことだった。陽子などは「95」がインターネットという別世界を創り出したと信じたくらいだったが、それにしては最初からインターネット世界は豊かだった。ファックスを送る時と同じピーヒョロヒョロという若干耳障りな音がして接続されると、プロバイダのホームページが立ち現われ、そこになんでも好きな言葉を入力する。と、その言葉に関わる情報が、十も二十も出てくる。最初の設定は面倒だったし、会社の床にはLANケーブルがとぐろを巻くようになったが、使えるようになりさえすれば、インターネットほど面白い道具はなかった。

もちろん仕事の上で覚えなければならない機能のうち最も重大なのは、電子メールの送り方だった。それまで社内でもパソコン通信に関心を持っている一部の社員だけが使っていた電子メールを、「95」の導入以後は全社員が使えるようにならなければならなくなった。

練習と称して——実際に練習でもあったのだが——、陽子や他の社員たちはさかんに会社のパソコンから友人や恋人にメールを送るようになった。もちろん仕事のメールも同じパソコンから送った。それが取り返しのつかない大失態をもたらしたのである。

陽子は制作部門と営業の橋渡しのような係をしていて、他社との渉外役もすることがあった。取引先のひとつに大きな電機メーカーがあり、そこの営業部にいる青木という社員を、どうやら陽子は気にかけていたらしい。そうでなければあんなメールを、同僚の女子社員に送ろうとしたわけがないのだ。

「今日もモジャ男と打ち合わせだったよ〜。相変わらず眉毛モジャってた！　あれなんで手入れしないんだろうね。自分でカッコイイなんて思ってるとか？　一周回ってナルシ〜。でも所詮ダサい〜。しかもあれで、ぐぐぐ、グリークラブ！　二月に合唱コンクールの予選があるんだって。来ますかだって。ずうずうしくない？　行くわけないよ。行ったってあの顔でバリトンで、♪流浪の民〜♪なんて歌ってんの見たら爆笑だよ爆笑！　でもさー」うんぬん。

以下この倍ほど続く青木氏揶揄のメールを、陽子は、ほかならぬ青木氏のアドレスに送ってしまったのである。

青木へ打ち合わせの返事を書き、そのまま同じアドレスへの返信ボタンを押して同僚へのメールを書いてしまったのが、一生の不覚だった。気がついた時にはもう遅く、錯乱している陽子のもとへ即座に青木から電話が来た。

「ひどいじゃないですか！　なんですかあれは！　睦さんは普段からあんなことを、陰で言って笑ってるんですか！」

男の直截な怒りに陽子は蒼ざめ、会社で人の目も忘れてしくしく泣きながら謝った。取引先のこととて、陽子本人やメールの本来の受取人だった同僚、さらには直属の上司まで巻き込む騒ぎになった。業務上の問題にはならずに済んだが、陽子はその会社との連絡係から外され、しばらく事実上の謹慎に等しい扱いを受けた。

くたびれ果てた陽子は原宿の家でも泣いた。それは単なる仕事の上での過失ではなく、失恋でもあったのだ。青木が合唱コンクールに彼女を誘ったのが、ただの社交辞令でなかったことは判っていた。それまでろくに男と付き合ったこともなく、誘われても臆病が先に立ってひるんだり二の足を踏んだりしているうちに、男の欠点やいやらしさが目についで気持ちが冷めてしまうのが常だった陽子にとって、生真面目で大らかな青木は胸を騒がせる存在だった。だからこそ彼女はコンクールへの誘いに上気してのぼせ、あんなはしゃいだメールを書いてしまったのだし、それに対してすぐさま電話をよこし、一直線に怒りをぶつけてきた青木の堂々とした態度にも、陽子はいっそう思慕をつのらせた。

めったに沸き上がることのない、そしてどうやら芽吹きかけていたらしいお互いの愛情を、自分の馬鹿げたメールで踏み潰してしまった。陽子は自分を罵り、失ったものを慕い、だが誤解を修復する勇気だけは持てないまま、親たちの前でじめじめと泣いたのだった。

この時も八重子は、恵美里の駆け落ちに対してと同様、あるいはそれ以上に冷たかった。少なくとも陽子には腹立たしいほど冷淡に見えた。八重子は娘の間抜けな失敗に腹を抱えて大笑いしたのである。その爆笑に陽子は激怒し、恵美里を味方につけようとしたが、妹もまた話を聞きながら笑いをかみ殺しているので失望し、カンカンになって会社に近い東神奈川のワンルームマンションに帰宅して、夏子に電話で悲劇を訴えたが、人の恋愛問題にはとりわけ生真面目な夏子にさえ、それは自業自得だよ！　と小言を喰らって、陽子は孤立無援の哀れな身の上となった。

そうまでなっても陽子は、貞子には何も打ち明けなかった。真面目さで言えばある意味では夏子以上に物事を突き詰めて考える貞子だが、陽子から見ると長女は考えこむばかりで特に役に立つ存在でもないし、人のことを観察しているだけじゃないかとさえ思える。そしてどうやら、恋愛に関してはずいぶん尻が軽いらしい。同じ男と一年以上続いたことがあるだろうか。そんな人に恋の相談などしたら、どんなエラそうなことを言われるか判らない。今の陽子はエラそうな態度を取られるくらいなら、笑われる方がまだマシだった。

もしも陽子からそう言われたら、貞子は否定しなかっただろう。惣領の甚六という諺が長女にも当てはまるかどうかは知らないが、自分が実際は、ぼんやりすくすく育っており、家族や妹たちについてあれこれ思い悩みはしても、具体的な手助けはしてあげられていないことに、貞子は自覚があった。男にだらしがないことも否定できなかった。とりわけ昨年は、それで殆ど恐慌に陥る経験をしていながら、家族にも誰にも打ち明けられない出来事に巻き込まれていたのである。

貞子の住まいは千代田線の代々木公園駅と、小田急線の代々木八幡駅に挟まれたところにあった。部屋の狭さの割りには家賃が高いが、ロケーションが素晴らしく、散歩がてらに公園を横切っていけば、原宿や渋谷にも歩いて行かれるのが気に入っていた。

そんなところに住んでいるのだから、昨年三月二十日の朝に、千代田線が運行を停止したからといって、通勤するのになんの支障もなかったはずである。貞子の会社は水道橋駅から少し入った日大法学部の近くにあるのだから、いつものように小田急線で新宿へ出て、総武線で水道橋まで行けばいいだけの話だった。ところがその日、貞子は十時を過ぎても会社に辿り着くことができなかった。自宅から出社したのではなかったからである。

男の単身赴任のために会社が借りたアパートは湯島にあった。妻と中学生の息子が大阪にいることも貞子は知っていた。週末は妻が上京するのでなければ男が大阪に帰る。妻の来る週末を貞子は一人で過ごさなければならなかったが、男が大阪に帰る週末は、日曜日の夜から月曜の朝まで二人でいることができた。

三月十九日の日曜日、貞子は東京駅で男を待ち、終夜営業のレストランで食事をして、湯島の一室でワインを飲んだ。移動に疲れていた男を貞子はなかなか寝かさなかった。

翌朝貞子が目覚めて着替えを終えても、男は眠っていた。一緒に出社するわけにはいかないので、貞子は男を残してアパートを出た。湯島から大手町、そこから三田線で水道橋という路線には、もう馴染んでいた。八時半少し前だった。男は遅刻するだろうな、と思った。

湯島駅の改札前には人だかりがしていた。自動改札は閉じていて、アナウンスが耳障りな声で何か呼びかけていた。

「車内に危険物が発見されたために、千代田線、日比谷線は現在、運転を見合わせております」

いつもの遅延を知らせるアナウンスより、駅員の声は張りつめているような気がした。会社員姿の男たちが改札脇の駅員室を覗きこんでいたが、駅員の姿はなく、電話が鳴り響いていた。

「電車に毒ガスを撒いた奴がいるらしい」

そんな声がどこからか聞こえてきた。何を映画みたいなことを言っているんだろうと貞子は思った。狭い改札前に人がどんどん集まってきて、息苦しくなってきた。貞子は外に出た。駅から男のアパートまでの道しか知らなかった。アパートに戻ることは考えもしなかった。

どこかに出るだろうと、むやみに歩いた。やがて本郷三丁目の駅に着いたが、やはり地下鉄は動いていなかった。何台もの消防車が、サイレンを鳴らして通りすぎていった。会社に電話すると、なぜか事情を知っていて、無理なら今日は出社しなくてもいいと言われた。白山通りに出たので神田川を目指した。

男は先に出勤していた。十時を過ぎていた。型通りの仕事だけ片付けると、男の目くばせに従って、貞子は会議室に入った。

「どうした？」男は心配していた。「ずいぶん時間がかかったね。何かあったのかと思っちゃったよ。連絡くれたらよかったのに」

「連絡するなって、いつも言ってるじゃない」貞子は答えた。「奥さんが通話履歴を見るんでしょ」

「だけどこれって、緊急事態じゃん」

「もう会わない」貞子は言った。「大事な時に連絡できない人は駄目です」

男はまだ何か言いたそうだったが、貞子は会議室を出た。それ以来、その男からの電話には出ていない。

第四図
苦しむ夏子と恐怖の大王

写真：前列右より、青木信《あおきしん》（零歳）を抱いた、青木陽子（三十一歳）、睦八重子（六十一歳）、睦昭（六十二歳）。

中列右より、青木賢《あおきけん》（一歳）を抱いた、青木正《あおきただし》（三十四歳）、大石由貴（五歳）、大石和也（四歳）、大石夏子（三十三歳）。

後列右より、睦貞子（三十五歳）、大石光雄（三十二歳）。

睦家応接間にて、平成十一年一月二日。


玄関を開けたとたんに、原宿の家は乳臭かった。もっとも貞子には、乳臭いというのがどんな匂いなのか、はっきりとは判らない。無垢な人間の生暖かさが、ぼんやりと、しかし濃厚に漂う。それをあたかも「匂い」であるかのように感じるのが、乳臭いということなのだろうか。ここ数年、実家や妹たちの家を訪れるたびに感じるこの匂いに、貞子は胸を締めつけられるようでもあり、拒絶するようでも、拒絶されるようでもあった。

子どもだらけの場所に特有の匂いと共に、甲高い声も聞こえてきた。意味は殆ど判らない。かろうじて理解できるのは、夏子を呼ぶ「ママ！」という絶叫くらいだった。

子どもたち――貞子にとっては姪や甥――は「ジジババ」の家を、我が物顔に走り回っていた。いちばんのお姉さんである由貴は弟の和也に向かって、おーきな声、しないの！　と、誰よりも大声で注意したりしていたが、彼女とてたかだか幼稚園の年長さんである。貞子が靴を脱いで廊下に立つと、今年は二歳になる賢が、由貴と和也の後を追いかけて笑いながらよたよた走ってくるところだった。

「あっ、貞子おばちゃんだ！」

由貴が急に足を止めたので、ま後ろを走っていた賢が背中にぶつかり、おむつをはいた大きなお尻で尻餅をついた。泣くかな、と貞子は一瞬恐れたが、先頭にいた和也が大笑いして、賢もつられてニコニコと貞子を見上げた。

「あのね！　カズちゃんがソーダ飲んだらね！　ウィッってなっちゃったの！」

由貴が貞子の手を取り、いきなりそんな話を始めたところへ、夏子が台所から出てきた。

「ちょっとお、ご挨拶が先でしょ！」

夏子に促されて由貴は、

「あけましておめでとうございます」と、握った手を離さないまま、ぺこりと頭を下げた。

そんな姉の様子を見て、和也もおずおず、ニヤニヤと貞子に近寄ってきた。「おめでとございます」

貞子は苦笑した。彼らの狙いはお見通しなのである。お年玉である。ハンドバッグからポチ

袋を出そうとすると、

「あとでいいの。来てまだ十秒じゃないの！」

貞子を叱るようだった。母親のそんな口調を、姉弟は意に介さない様子でニコニコしている。欲しいものを待てない正直さが、貞子には可愛くてならなかった。ポチ袋を受け取ったとたんにすぐ追いかけっこを再開して、こちらを見もしなくなった現金さにも、思わず笑ってしまった。

「ごめんねえ」

夏子は手を合わせて謝った。

応接間は人数の割りに静かだった。貞子が入ってくると昭を除く男たちは立ち上がって、改まった年始の挨拶をしたが、子どもらの騒々しさに較べて意識して声を落としているようだった。

その理由はすぐに判った。

「シンちゃん、もうすぐ寝るから」

テーブルの前に座っていた陽子が小声で言った。

賢の弟の信がお母さんに抱っこされ、大きな産毛の生えた頭をゆっくりと揺らし、眠りに落ちていくところだった。

「もうちょっとしたらあっちの部屋に行くから、ちょっとだけ待ってて」陽子は言った。「あけましておめでとうございます」

おめでとうのタイミングに噴き出しそうになりながら、貞子がハンドバッグを探ると、青木さんが手を振った。

「乳児にお年玉なんか結構ですよ。賢にいただくのだって早いのに」

少し酒の入った口調だった。

「ほんのちょっとですから」貞子は微笑んだ。「ほかの子が貰ってるものを、自分だけ貰えなかったら、賢君が可哀相だから」

「そういうことに敏感なんだよね、赤ん坊って」陽子は言った。

「お年玉なんか、意味判んないのに、お金は大好きだからね」

結婚してすぐ、立て続けに男の子を二人産み、すっかり「おっかさん」の体型になった陽子が、それでも未だに青木さんに従順なガールフレンドのように見えるのは、貞子が陽子の側からばかり二人を見ているからだろうか。実際には二人は、もう夫婦らしくなっているのだろうか——もっとも夫婦らしいとはなんのことだか、貞子には説明もつかないけれど。

青木さんの陰口を書いたメールを青木さんに送信してしまった事件は、貞子に長いこと思い出し笑いを誘ったが、もちろん陽子にとっては大悲劇であった。平謝りに謝るしか、解決策もなかっただろう。詳しい経緯は貞子には知らされなかったが、以来二人はいじらしいような仲良しになった。雨降って地固まるを絵に描いたようだった。

地元のグリークラブで歌っているバリトン、さらにもと高校球児で今も少年野球の審判をしているという青木さんは、上背はないが肩幅のしっかりした紳士で、強そうな顎やあぐらをかいた鼻の割りに、黒目がちのつぶらな瞳をしている。大食漢で酒豪らしく、陽子とのデートには焼肉と寿司の食べ放題へよく行くと聞いて、貞子はその様子を想像しても、やっぱり笑いがこみ上げたものだった。

やがて二人は典型的なものがすべて揃った披露宴を挙げた。ゴンドラに乗って登場し、スモークが焚かれた中を歩き、各テーブルのキャンドルに火を灯した。三人組の女友達が泣きながら「てんとう虫のサンバ」を歌い、グリークラブが堂々たる合唱を披露し、もと野球部のいかつい男たちが青木さんの武勇伝を披露した。陽子はブーケを放り投げ、両親への手紙を涙で濡らし、そのすべてが専門業者の撮影するヴィデオカメラに収められた。引き出物のバウムクーヘンをぶら下げながらの帰り道、貞子は昭に、

「青木さんになんか言った？」と尋ねた。

「別に何も」昭は笑った。「ただまあ、どうかご返品なきように、とだけはね……」

女ばかり四人、子どもたちが結婚してしまえば、睦の家を継ぐ者はいなくなる。そのことを

父がどう考えているのか、真正面から尋ねた娘はいなかった。どの娘に結婚が迫ろうと、昭はいつも笑っているだけだった。

ただ、ご返品という冗談の中に、貞子は父の軽薄さだけを感じ取ったのではなかった。

今、父は応接間で氷の溶けかかったグラスを持ちながら、大石光雄の話を聞いていた。聞かされている、というべきなのかもしれない。大石は一方的にまくし立てていた。貞子はこの家に大石が来ている、というだけでも意外だった。最後に会ったのは何年前だろう。

陽子と八重子が並んで座っている向かい側に席を取り、おせちをつまんでいると、家じゅうを走り回っていた由貴がいきなり貞子の腕をぽんぽんと、やや痛い強さで叩いてきた。

「ねえねえ」由貴は笑いながら貞子の顔を覗きこんだ。「おばちゃんてさあ、もしかしてさあ、貞子？」

「そうだよ」

「きゃあああ！」由貴は大仰な叫び声を上げた。「貞子だあ！」

貞子だ貞子！　と叫びながら再びどたどたと廊下を走り去っていく由貴に、和也もギャアギャア笑いながらついて走り、賢が続いた。

「言われると思った」貞子は言った。「由貴ちゃんくらいになると、もう浸透してるね」

「会社とかでも言われるの、やっぱり」陽子が訊くと、

「いや、さすがに会社でってことはないけどね。――あんまり」

三十五を過ぎた貞子に、面と向かってふざけてくる人はいないが、テレビのCMを見たり、電車や町中で広告を見たりするたびに、ほんのりと憂鬱である。思い込みかもしれないが、去年は一年中、貞子の話題で持ちきりだった。ほかの話題はないのかと思うくらいに。

貞子という幽霊だか化け物だかが出てくる映画を、貞子はもちろん（？）観ていない。同僚や後輩の話によると、貞子は今まで見たこともないくらい、恐ろしいお化けだそうである。白い服を着て長い髪で顔を隠して、と聞けば、江戸伝来の幽霊画と大差ないように思える。古井戸から出てくるというのだから、なおのことだ。けれども貞子はヴィデオテープの中からも出てくるという。いやそうではなく、テレビのブラウン管から這い出てくるのだという話もある。会社の昼休みに仕出し弁当を食べながら、いい加減に聞いていたのでよく判らなかった。

それが確か去年の早春のことで、それからというものテレビも雑誌も駅構内の巨大な広告も、貞子で溢れかえっている。少なくとも貞子にはそう見える。濡れているのか脂じみているのか、針金の束を思わせる黒い長髪の中から片目だけを出してこちらを見ているポスターは、貞子を何週間かウンザリさせた。続編も作られるらしかった。

会社の中では「睦さん」と呼ばれているから特に問題はないが、他社の人たちに名刺を渡すたびに貞子は少し身構えてしまう。実際に、

「貞子さんですか。ほおお」

などと言われることもある。気にしすぎないようにするのには時間がかかった。いっそのこと、納期に遅れたら呪って差し上げますことよ、くらいな冗談を飛ばしてやろうかと思うこともあったが、そこから話題が広がってしまうかもしれないのでやめた。

そんな話を冗談とも愚痴ともつかない口調で話し、妹と母親を笑わせていると、八重子が微笑みながら言った。

「山岡先生も、こんなことになるとは思いもしなかっただろうね」

「山岡先生って誰？」陽子が尋ねた。

「知らない？」自分は何度も聞いた話だから、妹が知らないのが、貞子には意外だった。「私の名前、山岡竹太郎がつけたんだよ」

「だからそれは誰だっての」

「私も知らないんだけどね」貞子は答えた。「昔の政治家らしいよ」

「山岡竹太郎は岸内閣の文部大臣じゃないか」大石と話していた昭が、離れたところから口を挟んだ。「知らない？」

「お父さん、文部大臣の知り合いなんかいたの？」陽子が目を丸くした。

「おばーちゃん、おばーちゃん」そこへ由貴が飛び込んできて、八重子に抱きついた。「ママがケーキの準備できたって！」

「じゃあ、持ってきて」八重子が言うと、

「ママ！」と叫びながら、由貴は台所に走って行った。

「知り合いっていうわけじゃないよ」昭が答えた。「書生みたいなことしてたんだ」

「書生って？」

「東京に出てきてしばらく、山岡先生のところに住んでたんだ。使いっ走りみたいなことして」

「就職の世話もしてくれたし、披露宴にも……」

八重子が言い終わらないうちに、由貴がまた走って戻ってきて、

「ママがね、ケーキ持ってくから、テーブルを片付けてくださいって！　早く！」

「チョコレートのケーキ」後からついてきた和也が叫んだ。「キーイーもついてるの」

「キーイーじゃないよ、キウイだよ！」

「大きな声出すと、シンちゃん起きちゃうから」柔らかく子どもたちをさとしながら、陽子が言った。「知らなかったなあ。じゃお父さん、政治家になったかもしれないわけ？」

青木さんが黙って立ち上がり、貞子たちと一緒に重箱をテーブルの隅に寄せた。それから応接間の中央でくるくる回っている賢が目を廻しそうになっているのを見て、すんでのところで

抱き上げた。

「絶対ならなかったね」昭は断言した。「あんな馬鹿な仕事はない」

「でも名付け親っていったら、相当親しいんじゃないの？」

「頼んだらつけてくれたんだよ。それだけ」

話しながら昭は、貞子たちが片付けている重箱を開け、煮しめの鶏肉を指でつまんで口に入れた。

「ああもう、汚いなあ！」

台所からケーキを持ってきた夏子が、いきなり父親に説教した。

「そういうことしないでってって、私いっつも言ってんのよ、子どもたちには！」

「すみません」そう言いながら、昭は自分の指をべろべろ舐めた。

「わざとらしい！」夏子は悔しそうに呟いた。「これ見よがしに！」

「悪かった」昭は今度は神妙になって、ティッシュでそっと指を拭った。

昭はそれから、ちらっと貞子を見た。

「ケーキですよー」夏子はがらりと口調を変えた。少なくとも本人は、変えたつもりだったろう。

大きいロウソク六本に、小さなロウソクが一本。青木さんが火をつけているあいだに、陽子はそっと立ち上がった。信を寝かしつけるのだろう。もとは貞子が使っていた部屋に、用意がしてあった。

「名前って言えば」八重子が言った。「貞ちゃんはいかにも貞子って感じだけど、夏ちゃんは全然夏子らしくないねえ」

「なんで？　なんで？」由貴がケーキから目を離さないまま尋ねた。

「夏子っていうのはね、樋口一葉から採ったんだよ」八重子は由貴に言った。「一葉の本名は、樋口なつっていうの。おばあちゃん、樋口一葉が好きだからね、それでつけたの」

「どうせ私は樋口一葉じゃありませんよ」夏子のいじけた口調は半分本気に聞こえた。「文学も知らないし、おしとやかでもないし」

「一葉はおしとやかじゃなかったよ」貞子が言った。「貧しかった家のために一生懸命働いたんだよ。洗い張りとか、駄菓子屋さんとかやって」

「あっそ」夏子は貞子から目を背けた。「ケーキ何等分すればいいのかなあ？」

「十等分だね」と昭が言うと、

「僕、ケーキは結構です」青木さんが言い、

「僕もいいです」大石さんも遠慮した。

「いいね。じゃちょうど八等分だ」夏子はすぐケーキにナイフを入れた。「分けやすい」

夏子が切り分けたケーキを皿に置くと、由貴と青木さんがみんなに配っていった。

「青木さんは親切だなあ」夏子が呟いた。「気が利く」

貞子は暗い緊張を覚えた。夏子は、自分の旦那がソファに座ってぼんやりビールを飲んでいることをあてこすっているのだ。しかしその言葉は恐らく、大石さんには聞こえなかっただろう。しかし昭と八重子には聞こえたはずだった。

「陽子さんは、どういう経緯で名前がついたんですか」

話題を変えるつもりでもなかっただろうが、青木さんがそんなことを訊いた。

「陽子はねえ」昭が恥ずかしそうに笑った。「占いの人につけてもらったんだ」

「ちょっと小さい赤ん坊だったの」八重子が言った。「って言っても二千二百グラムだから、小さすぎるってこともなかったんだけどね。だけど貞子も夏子も三千五百以上あったから、心配になっちゃって。丈夫な子になる名前をつけてもらったの」

「仕事もうまくいかない時で」昭が続けた。「占いなんかに頼るのは、ちょっと恥ずかしかったんだけどね」

そこへちょうど陽子が戻ってきた。

「なんの話？」

「なんでもないよ」貞子はからかおうとしたが、

「陽子の名前の由来」青木さんは正直だった。

「ああ」陽子は自分のことには関心もなさそうに、「名前といえば恵美ちでしょ」

「エミリーねー」夏子は急にウットリした口調になった。「いい名前だなあ。うらやましい」

「夏子と同じようなもんでしょ」貞子が言うと、

「全然違う！」夏子は断言した。「お姉ちゃん、今言ったじゃない。一葉は貧乏だったって。エミリーは大金持ちじゃん」

「どういうことですか？」青木さんが笑いながら尋ねた。

「恵美里が生まれる前に、みんなで旅行に行ったの」八重子が答えた。「アメリカの東側を、あっちこっち。それでマサチューセッツ州のアマーストって小さな町に行ってね」

「僕の友だちが住んでたもんだから」昭が自慢のように付け加えた。「その頃にはもう、会社も盛り返してね」

「そこにエミリー・ディッキンソンていう女の詩人の家があったの」八重子が続けた。「素敵なクリーム色の家でね。広い芝生の庭があって。詩人のことは今でも全然知らないんだけど、その家が気に入っちゃって、それで帰ってきて生まれた子に、恵美里ってつけたの」

「かっこいいなあ」青木さんは感に堪えたように言った。

「エミリー・ディッキンソンは、その家からほっとんど外に出なかったんだって」貞子が言った。「ずーっと部屋にこもってたんだって。我が家のエミリーは真逆ですよ。今日だってどこにいるか判んないんでしょ」

「あいつも二十五か？」昭が言った。「いちいち親に居場所なんか、言うわけない」

みんなが喋っているあいだ、大石さんは右に由貴、左に和也を座らせて、黙っていた。二人は交互に自分たちのフォークを父親の口に寄せて、ケーキを食べさせていた。

夏子は離婚するかもしれないと、貞子は思った。

だが貞子の腹の奥底には、それどころではない不安が錨を下ろしていたのである。どんな人にも絶対言えないほどの、幼稚な不安が。

貞子は三十五だから、十歳の子どもがいてもおかしくない年齢だとは思っていたが、妹二人が先に結婚したからといって、特にあせりも感じていない。といって自分がまだまだ若いとか、身を固めたくないなどと思っているわけでもなかった。

会社では課長代理として働くようになって、四年が経っていた。特に大きな権限が与えられるわけでもなく、中間管理職としてあちこちに気を廻さなければならないだけの役職だったが、部下も何人かつき、社内での経験も積んで、それなりに人から重んじられるようにもなった。

私生活は恋愛と映画と読書が大半を占めていて、ごくたまに発作的に一人で旅行をする程度、誇れるようなものは何もなかったが、私生活を誇る必要があるとは思っていなかった。男については乱れることも多く、いくつかの記憶は自分自身にも隠しておきたいくらいだったが、今は落ち着いていた。

つまり貞子は大人だった。成熟した、良識ある、一人前の人間だった。はっきりそうと誰かに確かめたわけではないが、自覚はしっかりとあった。

だから自分の中にある「不安」を、親にも妹たちにも、友人にも社内の者にも、その時々の恋人たちにも、打ち明けるわけにはいかないのだ。自分でもそんな不安は、馬鹿げた、滑稽な妄想としか思えないのだから。今年の七月に、空から恐怖の大王が降ってくる、などという不安は。

『ノストラダムスの大予言』という新書版の本がベストセラーになったのは、貞子が小学生の頃だった。映画やマンガにもなったはずだけれど、貞子は昭にねだって本を買って貰っただけだった。

本を読むだけで充分だった。映画もマンガも必要ない。凄まじい恐怖が安手の一冊から貞子に襲いかかり、何か月ものあいだ彼女にまとわりついていた。

もちろんそんな恐怖は高校生になるころには雲散霧消していた。中学生時代にはまだ、『大予言』の続編や類似の本が出ている最中で、ノストラダムスだけでなくオカルト全体が流行していた。同級生の中にはそれらをすっかり揃えていたり、それでも足りずに『恐怖の心霊写真集』だの『コックリさんの秘密』だの、類似本と言えるかどうか知らないが、そんなものに夢中になって、それこそ取りつかれたように霊界の秘密や世界の終末について喋り続けたりする女子男子がいた。貞子は面白がりながらみんなと一緒に聞いていたが、やがて飽きた。一九八〇年を待たずにブームは去っていたのだろう。

それから十数年、オカルトとは無縁に過ごしてきた貞子だが、数年前から何となく、ノストラダムスを思い出していた。

（一九九九年、だなあ……）

最初にそんな声が自分の中から聞こえてきたのは、あの彗星の話を知った時だった。三年前だか五年前だか、いつのことかは忘れてしまったが、「シューメーカー・レヴィ」という彗星の名前は今でも鮮明に記憶している。

シューメーカー・レヴィ彗星の話題はその年の初めあたりから貞子の耳に入った。それは乙女座の方向から太陽系に向かって飛んできて、木星に激突するということだった。貞子には天文学の知識などまるでなかったが、テレビや雑誌の報じるところを懸命に追ってみると、なんでもそれはとんでもなく巨大な、破壊的な衝突になるはずであり、人類がかつて目撃したことのない規模になるだろうとのことだった。しかも――貞子はこれもこの時初めて知ったのだったが――木星というのは地球の千三百倍も大きく、しかもそこに地面というものはなくて、まるごと巨大なガスでできているのだそうだ。

貞子は秘かに、地球より千三百倍も巨大なガスの球体に、彗星が火をつけるありさまを空想した。ことによるとその巨大すぎる爆発は、すぐ隣にある火星ばかりか、火星の横にある地球をまで焼き尽してしまうのではないだろうか？

彗星の衝突が、その年の七月半ばと予測されていると知って、貞子は目の前が暗くなるような恐懼《きょうく》を感じた。十六世紀の予言にほんの数年、誤差があるのではないか。彗星の軌道がずれていて、実際はこちらに向かってまっしぐらに飛んでいるのではないか？

彗星が木星の裏側に衝突したのが観測されたと、貞子は新聞で読んだ。その爆発は、ほぼ地球一個分の規模であったという。

彗星の軌道は逸れず、木星も丸ごと引火したりしなかったのだから、心休まるはずだった。しかし貞子はそののち「Newton」か何かで読んだシューメーカー・レヴィ彗星についての詳細な記事によって、さらに妄想をたくましくしてしまった。そこにはこう書いてあったのである。「ユージーンとキャロラインのシューメーカー夫妻、及びデイヴィッド・レヴィがその彗星を発見したのは、約一年前のことだった」……。

一年前？　地球ひとつ分の破壊力を持つ彗星を、人間が見つけられたのが、たった一年前！もし同じ規模の彗星が地球に向かっていたとしても、見つけられるのが一年前だとしたら、人類に対策を講じる時間など、残されてないんじゃないの？　科学雑誌にはまた、宇宙空間にはあのくらいの彗星は、いくらでも飛んでいるとも書いてあった。その中のひとつが、アンゴルモアの大王でないという保証は、一体あるのだろうか？

馬鹿げていた。自分の頭がまったく幼稚な空想に追い立てられていると、貞子は十二分にわきまえていた。当たり前に生活し、当たり前に働き、当たり前に恋や映画を楽しんで日々を過ごした。

そうしているうちにも、時間はどんどん一九九九年に近づいていった。そして昨日ついに、一九九九年になってしまった。

くだらないことは判っているのである。あの本がいかにデタラメでいい加減で、一九七〇年代の「終末論ブーム」の中でたまさか話題になったに過ぎない「トンデモ本」であることを、今の貞子は学習もし、納得もしていた。彼女は渡辺一夫の『フランス・ルネサンスの人々』さえ読んでいた。来たるべき「七の月」に何かを備えておくなんてこともしなかった（何を備えるというのだ？）。

しかし誰が何を言おうと、それは「七の月」になってみなければ判らないのではないか、という思いが、貞子の胸からはどうしても消え去ってくれないのだった。

日が暮れても恵美里は帰ってこなかった。気にかけている者もいなかったが、それは無論、妹をないがしろにしているわけではない。子どもらの世話だけでも、女たちはてんてこまいである。それでも夏子はたまに「恵美里に会いたかったなあ」と呟いた。

ホテルの専門学校を中退してからの恵美里は、アルバイトを転々としていた。今は学習塾の事務だったか、レンタルＤＶＤの店員だったか。どこに行っても人気者になるらしい恵美里は、モテ始めて勤め先で告白されたり、セクハラまがいのもめ事があるたびに、ふらりとそこを辞めて新しいバイト先を見つける、といったことを繰り返していた。

独身同士の気安さで、恵美里は夜もだいぶ更けてからいきなり貞子に電話をかけてくることがあった。キモイ男から変なこと言われたとか、既婚者から誘われたといったことを、恵美里は笑いながら話すのだったが、もし本当にそれが恵美里にとって笑い話であるのなら、夜中に打ち明ける必要もないはずだ。そう思って貞子は、一緒に笑いながらも、その都度真面目に耳を傾けていた。

しかし恵美里自身が倫理的でも何でもない女なのだから、貞子の律儀な受け止めようは、もしかしたら恵美里に面白がられていたのかもしれない。貞子も堅物とは程遠いのを、美しい末娘はよく知っている。

今の恵美里は、以前のバイト先からずっと彼女を追いかけている雇われ店長と、学習塾で告白してきた浪人生の二人から言い寄られて困惑している。その困惑を彼女は愉しんでいる。恐らく今日も、恵美里は男（たち）と遊び歩いているに違いなかった。貞子が自分の恋愛にいつもどこかで後ろめたさを感じているのにくらべて、恵美里は屈託がなく、明るく軽薄に恋を楽しんでいるように見えた。貞子は羨ましかった。

「おい、貞子ー」

八重子と向かい合っておせちをつまんでいた貞子の背中を、和也が指でつついた。

「なんだぁー」

貞子が振り返っただけで、和也とその後ろにいた由貴は、耳がはじけ飛びそうな高音の悲鳴をあげ、床を鳴らして走っていった。

「貞子が出たー！」

「さっきからずっと出てるわ、馬鹿！」

何度も同じことを繰り返され、いささかうんざりしていた貞子は、しかしその甲高い声に、心を揶い上げられるようだった。

子どもたちも映画の貞子と睦貞子を同じとは思っていない。ただ貞子という大人の女が近くにいるから、面白がって怖がっている。だが彼らは、映画の貞子を本当に恐れている。貞子にとってのノストラダムスと、それはまったく同じ感情の機微なのだ。由貴たちは貞子の不安を、可愛らしく戯画化してくれているのである。

滅びるなら滅べ世界よ。貞子はついさっきまで、そんな風に思って自らをなだめることもあったが、彼らのためには、やはり予言は世迷いごとでなければならなかった。


子どもの世話で忙しいだけが理由ではなく、大石が昭に何をやたらと熱心に喋り続けていたか、聞かなくても夏子には判っていた。儲け話だ。

廃品になった自転車を発展途上国に売る。発展途上国から貴重な金属が含まれている可能性のある岩石をタダ同然で手に入れて輸入する……。そんな話を大石は、「友人の知り合いが信頼している人」から仕入れてくるようになった。

それがどんな人なのか、夏子は知らないし、知りたくもない。少ない元手で大きな利益が出る商売の話が転がり込んできた、普通の人と目の付け所が違えば、簡単に大儲けができるのだ、と大石は——夏子も大石なのだが——思っているらしい。この数か月、彼は夜おそく帰ってくると、そんな話を夏子や子どもたちの前で興奮気味に喋るようになった。酒臭い息を吐きながら、ふんぞり返って、あたかも自分が、実際よりもひと回り大きなビジネスマンにでもなったような態度で。

もはや夏子は自分がなぜ大石のような男と結婚する気になったかを思い出すことはできなか

ったし、思い出したくもなかった。刺々しくなった自分の感情や、大石との感情の行き違いを修復しようと努力するつもりもなくなり、今の彼女に残されているのは、かつては生命力を思わせる粘り気もあった、もはや硬化して石のように心を覆い尽くしている絶望感と、怒りですらない、炎などではさらにない、ただのささくれだった苛立ちだけだった。

夏子はその苛立ちと絶望を、せめて子どもたちには向けまいと自分を抑えた。大石との結婚に意味があったとすれば、それはこの二人の子どもを授かったということ以外になく、またそれ以上の何も求めてはいなかった。子どもたちは可愛いというより、その可愛らしさを本当に知っているのは自分だけだという確信があった。それは同時に、自分以外の人間は本当にはこの子たちの素晴らしさを知らないということだ。夏子は心細かった。この世にたった一人の理解者であるこの自分が、彼らに絶望や苛立ちをぶつけてはいけない。

しかしどうしようもなくそれは溢れ出て、子どもたちに向けられた。子どもたちを怒鳴るたび、返事もしたくないほど煩わしく感じるたび、夏子は自己嫌悪の激痛を覚えた。うずくまる姿を見せたくなくて、トイレに駆け込んだ。せめて手を上げなかったのが救いだった。

だがそんな苛立ちや自己嫌悪は、夏子の苦しみのうちでは、まだ小さい方だった。そんなものよりはるかに大きな苦痛に、彼女はつい先日、大晦日の夜に気がついたばかりだった。

結婚以来住み続けた大和駅近くのアパートが手狭になり、夏に相鉄線三ツ境《みきょう》駅から歩いて十五分以上かかる二間の部屋に越した。前より家賃は少し上がったのに、部屋は古い木造プレハブの二階にあって、階段は危なっかしく錆び、外の通路の防護壁にはひびが入っていた。昔の間取りで部屋は広かったが、床は大人が静かに歩いてもべこべこと畳が沈み、子どもたちが騒ぐたびに下の部屋から苦情が来るのではないかとヒヤヒヤしなければならなかった。引っ越すと大石の帰りは前にもまして遅くなり、酒量は増え、口数は減った。

大晦日の夜も大石は帰ってこなかった。外面のいいあの男が仕事仲間や「信頼できる人」と飲み歩いているのか、よそに女がいるのか、夏子にはどうでもよかった。顔を見ないでいられるのがありがたいくらいだった。

由貴にも手伝わせて部屋の中を掃除し、おせち料理……というより三が日に食べるものを作りだめして、子どもたちと銭湯に行った。大晦日くらい大きなお風呂に入れてあげたかった。去年はまだ大石がいたから、和也を男湯に入れられたが、今年は二人とも夏子が女湯に連れて行かなければならなかった。小学校に入ったら、和也には一人で銭湯に入れるようになって貰わないといけない。

帰り道でくしゃみをし始めた和也に厚着をさせ、そばを温め、原宿の家に持って行くためもあってたくさん作った鶏のから揚げを子どもたちが食べやすいよう、小さく切って乗せた。その下に忍ばせたネギを、まだうまく箸を使えない和也は、プラスチックのフォークで器用にお椀の外に弾き飛ばした。怒鳴りつけたくなる衝動を抑えると、夏子を無力感が圧した。

幼稚園児のくせに、由貴はJポップが好きで、どこからか聞き覚えている曲がいくつもあった。普段は夏子に九時には寝かされてしまうが、大晦日だけは夜更かしが許され、紅白歌合戦を見てもいいという約束を取り付けていた。

これといっていつもの冬休みと大きく違わない、小さな家の中にいるのに、子どもたちは大晦日の雰囲気をどこかで感じ取っているらしく、二人とも興奮し、はしゃいでいた。SPEEDやモーニング娘。の歌を、由貴は振り付けまでかなりな程度憶えていた。となりでムチャクチャに身体を動かしていた和也は、しかし三、四組目に出てきたTOKIOの曲が終わらないうちに、ミカンをひと房握ったまま寝入ってしまった。途中でミッキーマウスや仮面ライダーが出てきたので、由貴は弟を無理に起こそうとしたが、和也は目も開けなかった。

「由貴、これ好きなんだあ」

そう言ってテレビの前に正座したのは、Every Little Thingの「Time goes by」という曲だった。

きっと　きっと　誰もが
何か足りないものを

無理に期待しすぎて
人を傷つけている

画面の下に映るそんな大人の歌詞を、由貴はじっと見つめていた。

会えばケンカしてたね
長く居すぎたのかな

はじめ夏子は、由貴の生真面目な姿を邪魔しないでおこうとだけ思っていたが、やがて歌に引きこまれた。

信じ合える喜びも
傷つけ合う悲しみも
いつかありのままに
愛せるように
Time goes by…

テレビドラマの主題歌だったか、ＣＭソングに使われているのか、流行の歌になどかまけている暇も気持ちの余裕もなかった夏子も、そのサビのメロディは聞いたことがあった。こんな歌詞だったのか。

　いつの間にか、由貴はすぐ横に座っていた。そして静かに、夏子の脇腹に手を廻し、抱きついて頰を押しつけた。

　この子は知っているんだ。

　ママとパパが仲良くないこと。ママがイライラしていること。パパが帰ってこないこと。それがママとパパをどんな気持ちにさせているか。由貴は全部知っている。夏子は一瞬蒼ざめ、それから由貴を抱きしめた。なぜ気がつかなかった？　子どもたちが両親の関係を察しているなんて、当たり前すぎるくらい当たり前じゃない。なぜ私は、苛立ったり絶望したり、自分のことだけで頭を一杯にしていたのだろう。

　決めなければいけなかった。どうすればいいかとか、またうまくいくようになるかもとか、そんな風に一人でぐずぐず考えている段階じゃない。この子たちの息が詰まってしまう。決めなければ。

　演歌が続いた。由貴は夏子にしなだれかかったまま、しきりに欠伸をするようになった。

「もう寝なさいよ」と夏子が言っても、

「ＧＬＡＹが出るから寝ない」由貴はがんばった。

ＧＬＡＹはなかなか出てこなかった。由貴は自分の眠気に腹を立て、むずかり始めた。

「ＧＬＡＹが出たら起こしてあげるから」

「安室奈美恵もだよ」由貴は怒ったように言った。「あとＳＭＡＰ」

「判った」

「絶対だよ？　絶対絶対！」

その口調のしつこさに、夏子はつい今しがたの気持ちを忘れ、また刺々しい言葉をぶつけてしまいそうになった。

第五図

梶本さんが台所に立った日

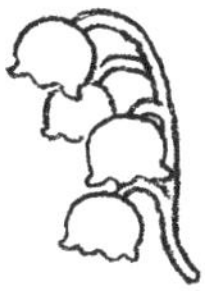

写真：前列右より、大石和也（七歳）、青木信（三歳）を膝に乗せた、睦八重子（六十四歳）、睦昭（六十五歳）、大石由貴（八歳）。

中列右より、睦恵美里（二十七歳）、青木賢（四歳）を抱いた、大石夏子（三十六歳）、青木陽子（三十四歳）。

後列右より、梶本紀一《かじもときいち》（三十三歳）、睦貞子（三十八歳）、青木正（三十七歳）、大石光雄（三十五歳）。

睦家応接間にて、平成十四年一月二日。


第三京浜から横浜新道に入ると、道はにわかに渋滞し始めた。高速を使った方が絶対に速いという梶本の意見は正しかったのだろう。けれどもそもそも、クルマを使ったのは大間違いだった。貞子が梶本と暮らしているマンションは京浜急行新馬場《しんばんば》駅の目の前にある。電車を使えば横浜にも品川にもあっという間に行かれるのであって、どちらからも東海道線に乗り換えて戸塚で下り、戸塚バスセンターからバスに乗れば、今ごろはとっくに原宿の睦家に着いていただろう。ハンドルを握った手を音楽に合わせて軽く動かしている梶本にも、それは判っている様子だった。

車内に流れているのは『ゴスフォード・パーク』のサウンドトラックだった。去年の夏、貞子と二人で観たロバート・アルトマンの傑作だったが、サウンドトラックを聴いても、こんな音楽が映画に流れていたかどうか、貞子ははっきりとは思い出せなかった。映画音楽は思い出せないくらいがいい、映画の邪魔になっていない証拠だから、と言いながら梶本はこのCDを買った。穏やかな室内楽といった趣きの音楽で、渋滞に苛立ちそうになる二人の気持ちをかなりな程度、穏やかにしてくれた。

『ゴスフォード・パーク』はまだ、日本では封切られていない。近日公開といった広告も見かけない。日本でもう一度観たい。さまざまな意味で、二人にとっては印象の強い映画である。その「印象」について二人は、この三、四か月、幾度となく語り合っていた。

車内ではしかし、そんな話は出なかった。それどころではなかった。梶本は渋滞にも焦りを感じていたようだが、それ以上に緊張をあらわにしていた。彼が睦家を訪れるのは、これが初めてなのである。

「大丈夫だって」

何も言っていない梶本をしばらく見つめて、貞子は軽く彼の腕を叩いた。

「みんなにはもう、とっくに言ってあるんだし」

「判ってる」梶本はそう言って、鼻から息を吐いた。「いつもと変わらないよ、僕は」

それが露骨に気を張っている口調なので、貞子は思わず微笑んだ。愛されていると感じた。

十一時前に品川を出て、原宿に到着したのは一時に近かった。玄関前のガレージには青木さんの大きなワゴン車がとっくに占拠していて、二人は近くの駐車場に空きを見つけなければならなかった。そんなことも梶本を慌てさせるのか、シートベルトをしたまま立ち上がろうとしたりしていた。

貞子があけましておめでとうございますと、いつものように玄関を勝手に開けると、家の中は人の声でちょっと揺れているのではないかと思うほどだった。誰が家のどのあたりで何を喋っているかなどまったく判らない。話し声や笑い声、そして話し声笑い声に負けまいとして張り上げられる声が、家じゅうに渦を巻いていた。

「あけましてえ！　おめでとう！　ござ」まで貞子が声を張り上げたところで、由貴と、あと陽子のところの次男――賢だったか信だったか――が廊下を突っ走ってきて、二人を見て急停止し、悲鳴をあげた。

「ぎゃー！　貞子だあ！」

由貴の後ろについて走っていた信（そうだ、信だ）は、立ち止まった由貴のお尻に顔をぶつけてもニコニコして、貞子と梶本を見て笑顔のままギャーと唱和した。

応接間から恵美里が顔を出して、梶本にぎこちない挨拶をした。ジーパンを穿いた恵美里の細長い脚には、賢がしがみついていて、恵美里が動いても離れようとしなかった。

八重子と昭が現れた。

「いらっしゃい」昭はにこやかに梶本を迎えた。

「おめでとうございますう！」八重子は大きな地声で挨拶した。「初めましてえ！　貞子の母親でございますう！」

「はっ初めまして。梶本紀一と申します。アノあけましておめでとうございます、と、アノお誕生日おめでとうございます」

睦家の勢いに気圧されているのが、あからさまに見て取れた。貞子の両親は二人を応接間に招き入れた。

応接間では青木さんが陽子と並んでワインを飲んでおり、和也はテレビの前でコントローラを握ってゲームをしていた。大石さんは一人でソファに座っていて、夏子の後ろ姿は台所で鍋を菜箸でつついているのが見えた。貞子はそのいちいちを梶本に紹介しなければならなかった。

親と妹たちは梶本さんが何者かをすでに聞いているし、青木さんや大石さんもおおかた察しているだろう。問題は子どもたちだった。賢はそっと貞子の袖を引っぱり、かがませて、

「ねーねー貞子お、あの人どうしたの？」と耳打ちして尋ねてきたし、由貴は、

「カレシ？　カレシ？」と、にやけていた。和也など、

「おじさんどこの人？」と、梶本に直接訊いていた。

とっさに貞子は由貴にヒントを得たようにして、

「そうカレシ」と答え、梶本を見るとそれで充分といった笑顔だったので、それ以上は答えなかったが、貞子自身はどこか自分の返事に不満足だった。もっと話して聞かせたかった。

まずしっかりと梶本を紹介すべきだとは思ったが、昭が寒かったでしょうとか、駅伝のあとは道が混むんだよ、などと言いながら彼の脱いだコートを預かり、陽子がそれを受け取って別の部屋にかけたりする一方、八重子と夏子はまだ料理の途中らしく、誰も落ち着いていないので、とりあえず貞子は今の「カレシ」で最低限の紹介は終わったと見なし、料理を手伝うことにした。

しばらくすると、

「貞子お」

八重子、夏子と三人で台所に立っていた貞子のスカートを、やけに真面目な顔をした由貴が引っぱってきた。

「どした？」

「おじさんがお年玉くれた」

「えぇー」横にいた夏子の声は、ふざけていた。「もー、すみませえん。お気遣いいただいてー」

本来、親族間のお年玉というのは、家々のあいだで金をぐるぐる回しているようなものである。だが子どものいない貞子が子どもたちにお年玉をあげても、夏子も陽子もお返しができない。それが二人にはかすかな負い目であった。しかし今年はそれを感じる必要がないと、どうやら夏子は思っているようだ。貞子は何も言っていないけれど、夏子は梶本が、結構な高給取りだと見透かしている。

まずいなあ。貞子は周囲に知られないよう、そっと顔をしかめた。いい歳になったとはいえ、娘の実家に初めてやって来て、ろくに親に挨拶もしないうちに子どもたちにお金を配るなんて。あんまり印象良くないよ。

だがそんなことは杞憂だった。貞子が夏子と一緒にサイコロステーキやお雑煮を持って行くと、応接間では梶本が昭と八重子や青木さん、陽子、由貴たちに囲まれて自己紹介をさせられており、朱の杯を片手にインターネットビジネスの将来性について訥々《とつとつ》と語っているのを、周囲は好意的な笑顔で頷きながら聞いているのだった。みんな梶本に興味津々の様子だった（彼の話に、ではなさそうだったが）。貞子は少し驚き、内心で胸をなでおろした。子どもたちも――これは毎年のことだが――もらったお年玉のことなど、半ば忘れているように見えた。物珍しさもあるのだろう。考えてみれば、妹たちの子どもが物心つくようになってから、貞子が男を実家に連れてくるのは、これが初めてである。

陽子と結婚した青木さんは、年を追うごとに睦家に馴染んでいる。誰よりも先に昭と酒を呑み始め、明るく酔って乱れない。睦家に来た時には子どもたちの相手をすることも少しはあるが、たいていは応接間の大きなテーブルの前にどっかりと腰をおろして、おせちをつまみに呑みながら談笑するばかりだ。その間陽子はげらげら笑いながら台所と応接間をせわしなく行き来している。露骨な亭主関白だが、睦家の彼はお客様であるということを度外視しても、その態度がなぜか鼻につかない。こういう場合に人徳という言葉を使うのは、貞子には抵抗があったけれど。

青木さんの「人徳」は、陽子たち家族の暮らしをしっかりと支えているという平凡な偉業に裏打ちされている。だから明るい。その明るさは、大石さんにはついに見られなかったものだった。今現に部屋の隅に椅子をずらして、和也の隣でゲームに集中している大石さんのことを過去形で考えるのはおかしいが、貞子にとって、そしてここにいる睦家の誰にとっても、彼はもはや居ながらにして過去の人だった。

夏子は去年から精肉店で働いていた。今焼いたサイコロステーキもそこで手に入れたものらしい。子どもたちは大喜びで皿に群がったが、昭はニンニクの香りが漂う山盛りの牛肉をひと目見て、

「肉はもういいよ」

と苦笑した。

「そんなに肉ばっかりなの」貞子が夏子に訊くと、

「そりゃあ、ね……。仕事終わったら、買い物に行くのも大変だから」夏子はそう言って笑った。

「梶本さんは、おいくつなんですか」

陽子の質問は、夏子の話題を変えようとするつもりがあからさまだった。

「今年三十四になります」

「じゃ、まだ肉も食べられるよね」夏子はそう言って、梶本の取り皿にどんどんステーキを取って渡した。

「じゃ私と同い年だ」陽子はそう言ったが、

「同い年じゃないでしょ。いっこ上でしょアンタ」夏子は容赦しなかった。

貞子は恥ずかしかった。

「今度の家は、賃貸じゃないんだってね」昭が貞子に言った。

「買ったんだって！」八重子が口を挟んだ。「品川だって！　高いよねえ品川のマンションなんてったら！」

「いくら？」という由貴の露骨な質問を、大人たちは皆、聞こえないふりをした。

「中古だから、安いんだよ」梶本は由貴に答える形で、皆に答えた。「それに品川っていうか、新馬場だからね。各駅停車しか止まらないところで、案外不便なんだよ」

「敵が来たぞ」大石さんが小さな声で和也に言っているのが聞こえた。「Bボタン連射して」

貞子がちらっと見ると、和也はゲームに集中しているのか、父親のアドヴァイスに答えることもなく、無表情でBボタンを連射していた。

「うちもどこか、安い一戸建てでも買おうと思っているんですよ」青木さんが言った。「子どもたちにも、そろそろ部屋が必要になってきたから」

「今どうしてるの？」という貞子の質問には、

「二段ベッド」と八重子が答えた。「ね？」

「賢クンが小学校に上がる前にって、言ってるんだけどね」陽子は自分の息子に「クン」をつけていた。「でも二段ベッドで、別に仲良さそうにしてるんだよ」

「今はね」青木さんは陽子のグラスにワインを注ぎながら言った。「先々のこと考えたら、もう買わないいと」

夏子が梶本を見ているのを、貞子は見逃さなかった。反応を窺っているのだ。だが梶本は、自分が相槌ひとつ打っても何かのサインのように解釈されると、知ってか知らずか、ひたすらサイコロステーキに箸を運んでいた。

自分と梶本の挨拶が、些末な日常の報告の中に溶けこんで、うやむやになっていくのを、貞子は物足りなくも感じ、一方では安堵も覚えた。女の実家を訪れたとはいえ、二人はまだ、入籍するつもりはなかったからである。

「恵美里は？」貞子は誰にともなく尋ねた。

「外でしょ」八重子が教えてくれた。「煙草吸ってるんじゃないの？」

「あの子まだ煙草やめないの？」陽子が怒ったように言った。「もう三十になるんじゃないの」

「まだならない。今年二十八だ」昭が訂正した。

「男が悪い男が」夏子は自分のことを度外視して言った。

貞子はそっと立ち上がって、台所の勝手口にあるサンダルを履いて外に出た。狭い敷地に昭と八重子が植えた、オリーブや木槿《むくげ》の木が枝を茂らせていた。その茂みの向こうの車道から、煙草の煙が匂ってきた。

恵美里は梶本が車を停めた駐車場で煙草を吸っていた。

「よう」恵美里はジーパンの尻ポケットからヴァージニア・スリムの箱を出して、貞子に突き出した。「吸う？」

首をふって断り、貞子は言った。「どう思う？」

「いいんじゃない」梶本のことだと、もちろん恵美里には伝わった。「ちょっと暗いけど」

「バツイチなんだよね」

結婚していない恵美里には、素直に打ち明けられるような気がした。この子からみんなに伝わればいい。

「聞いた聞いた」恵美里がアッサリそう言ったので、貞子は驚いた。「さっき自分で言ってたよ」

「いつ？　私が台所にいた時にっ？」

どうしてそういう重大なことを、あいつは一人で勝手に処理してしまうのだろう。お年玉の件だってそうだ。梶本にそういうところがあるとは、貞子には少し意外だった。

「いいんじゃない、バツイチくらい」恵美里はつまらなそうに言った。「今どき普通だよ。普通っつーか、あるよ」

「あるね」貞子は言った。「やっぱ、一本ちょうだい」

「一緒に住んでるんでしょ」恵美里はさりげなかった。「なんで結婚しないの？」

メンソールの味がする煙を吸いながら、貞子は由貴に向かってカレシと答えた時と同じ気まずさを感じていた。梶本が自分より五歳年下の男で、一緒に暮らし始めた頃にはまだほかの女と結婚していた、妻だった女とは彼と同時に知り合い、一時は親しかった、などということまで打ち明けられはしなかったし、黙っていようと梶本とも話し合っていた。

神田駿河台《かんだするがだい》のアテネ・フランセ文化センターで映画の始まりを待っている時に、貞子は当時の妻といた梶本と知り合ったのだった。それはもう六、七年も前のことで、何がきっかけで言葉を交わすようになったのかも、その時に観た映画も、貞子はジャン・ヴィゴの『アタラント号』だったように、梶本はフリッツ・ラングの『クラッシュ・バイ・ナイト』だったように記憶している。いずれにしてもお互いに相手のことを、同好の士の一人（あるいは二人）としてしか見ていなかった。貞子はむしろ梶本の妻と電話で示し合わせたり、情報を交換したりして、一緒に池袋の文芸坐地下や自由が丘の武蔵野推理劇場の客席に並んで、ジャン・ルノワールや成瀬巳喜男の映画を観た。観終わって食事をするくらいの付き合いだった。

しかしそんな付き合いが一年ほど続いて以後は、電話をかけても妻の口調がぎこちなかったり、電話に出なくなったりするようになった。何かあったのだろうかとは思ったが、別に親しいというほどの間柄でもないから、貞子は連絡しなくなった。

恵比寿ガーデンシネマでウディ・アレンの新作を観終わったあと、明るくなった客席を立った貞子が、後方の席から立ち上がろうとしない梶本に再会したのは、それから二年経ったか経たない頃だった。一杯付き合ってくれないかという男の弱々しい声に貞子は応じた。奥さんは、という貞子の問いかけに梶本は、彼女はもう映画なんか観ない、僕の顔も見ないと微笑み、ため息をついた。

うまくいかない夫婦仲のはけ口に使われていると思いながら、貞子はそれをきっかけにぽつぽつかかってくるようになった梶本からの電話を受けるようになった。暗く沈んだ男を相手にしたくなかったので、結婚生活の話題は避けた。梶本は貞子と映画を観、食事をしながらロッセリーニやマンキーウィッツといった、浮世離れした名前について楽しそうに語った。それでも話の端々に、財産分与だとか、家庭裁判所といった言葉が、梶本の口からは漏れた。

貞子は深入りしたくなくて、そういう言葉が出るたびにはっきりと目を背けていた。だから二年前の師走に、あの家に帰るのはどうしてもいやだと梶本が言ってきた時、貞子は詳しい事情も知らなかったし、男の言葉を信じるどんな根拠もないとも思った。それでも梶本を自分のマンションに呼んだのは、彼女もまた寂しかったからだった。それまでの二人は、食事を終えたら手を振って別れていた。

インターネット通販のシステム開発をしている梶本は、貞子の何倍も収入があるらしかった。貞子の部屋から出勤するようになって数か月後に離婚が成立すると、すぐに彼は新馬場にマンションを買った。

「別に、いいけど」

黙りこんでしまった貞子に恵美里がそう言いかけたと同時に、貞子は答えた。

「何となく、いやなんだよなあ、結婚。梶本だから」

「なんで」

「だって結婚したら、カジモト・サダコになるでしょ。貞子だけでもからかわれるのに、その上『カジモド〜』なんて言われると思うとね」

「何カジモドって」

「判んなきゃ、いい」

貞子は微笑んだ。

「あんた、どうなのよ」

恵美里が使っている携帯灰皿を借りて吸殻を潰しながら、貞子は話頭を変えた。

「何が」

「結婚とか、しないの」

「いねーもん、そんなの」

恵美里は鼻で笑うように言った。なんだろう、この綺麗さは。駐車場のコンクリート壁に寄りかかって、サンダルの左足だけを脱ぎ、足指で細長い右足の腿を搔いている妹の艶《あで》な姿を、貞子は薄気味悪くさえ感じた。

「男がいねえ女の灰皿じゃないね、これは」

貞子はそう言って、わざとらしくニヤリと笑った。小さなボタンを押すと蓋が開く、大振りな銀色の携帯灰皿には、髑髏の浮彫がしてあった。

「ふん」恵美里は灰皿を受け取ると、ジーパンのポケットに無造作につっこんだ。「結婚できる相手じゃないよ」

結婚相手としてふさわしくない男だという意味なのか、結婚できない関係ということなのか、貞子は尋ねられなかった。

「あんた、仕事は何やってんだっけ」

「今？　今はバーテン」

「じゃやっぱりホテルで働いてんだ」

「新橋のレストラン。遊びに来てよ。高いけど」

「安くしなさいよ」

「下っ端だから。こないだそれやって、マネージャーに嫌な顔されちゃって」

へっへっへ。恵美里はそう言って品なく笑った。若い頃にその気になっていたら、こいつは女優にもなれたかもしれないと貞子は思った。その気になったことも、あったかもしれない。身びいきではあるだろうが、この美人が狭いレストランのカウンターで、新橋のサラリーマン相手にカクテルを作っているのは、もったいないようだった。せめて結婚なんかしないで、いつまでも勝手気儘にへっへっへと笑っていたらいいのに。

二人で家の中に戻ると、食堂で梶本が子どもたちと一緒にケーキを作っていた。貞子はぎょっとした。

「手伝ってもらってまあす」

夏子が貞子に言った。その笑顔は貞子の機嫌を伺っているようでもあった。

裸のスポンジを横に切り、あいだに缶詰の桃と生クリームを敷き詰めて閉じ、その上からもたっぷりクリームを塗りたくって、側面や上に「コアラのマーチ」だの「きのこの山」だのをボコボコ置いていくだけのケーキを、小学校低学年の和也や、幼稚園児の賢や信が作っている。

「そっちはもういっぱいあるからあ、こっちにもっとコアラ貼って！」などと、偉そうに指示を出しているのは由貴である。梶本はナイフで苺をスライスしていて、夏子は別の料理をしながら、遠巻きに目を配っているだけだった。

「一緒にやる?」梶本は朗らかだった。「楽しいよこれ」

「よそ見しないで！」由貴が注意した。「包丁持ってる時は、シュウチュウ！」

「はいっ」

貞子と夏子と梶本は、同時に噴き出した。夏子の口真似をしているのだろう。

貞子は手伝うでもなく、食卓の椅子のひとつに腰かけて、子どもたちが泥んこ遊びのようにしてケーキを作っているのを、ただ眺めていた。

生クリームはどんどん垂れて、周りにつけた菓子はこぼれ落ちたり、傾いだりしていた。苺のスライスは厚さがばらばらで、クリームの上に敷くと石畳のようにデコボコになった。子どもたちはその上にまた、めったやたらと「たけのこの里」や「ポッキー」を突きたてた。

いびつでべとべとしてごてごてした、やたらおいしそうで楽しいケーキが出来上がっていった。こんなめちゃくちゃなケーキを、貞子も小さい頃に夢見たことがあったかもしれない。

「梶本さん、普段から料理なんかするの?」夏子が尋ねた。

「あんまりやらなかったんですけど」梶本の声に、もう緊張はなかった。「今年から、じゃない去年から、ちょっとずつ」

「そうなの?」夏子が貞子に目を向けたので、

「そう」貞子は答えた。「雑だし、いっぱい作っちゃうんだけど、おいしいはおいしい」

「いいなあ、男の料理」夏子の声はひそやかだった。思い出すことがあるのかもしれなかった。

梶本が去年の秋から台所に立つようになったのは本当であった。それがどうしてなのかは、貞子も尋ねず、梶本も答えない。だがそれがいつからかは、語らない二人は鮮明に憶えていた。

去年の春に離婚が成立すると、梶本は貞子に、旅行でもしないかと誘った。新年度が始まって間もない、ゴールデンウィークの直前に中間管理職の貞子が有給休暇を取ると告げると、上司からは軽い嫌味を言われたが、飛行機が離陸すればそんなことは忘れてしまった。

四月のマンハッタンはまだ寒かった。グランド・セントラル駅に近い、パーク・アヴェニューにホテルを取り、バーニーズで百四十ドルもするマフラーを買って、地下鉄で観光客の回るようなところを歩いた。ジュリアーニが市長になってから街はきれいになった、四十二番街にディズニー・ストアができたと聞いていたが、まだまだホームレスは路のあちこちにしゃがみ込んでいたし、寒空に薄汚れたタンクトップ一枚でひとり言を呟いている白人もおり、ビルの影になっている細い通りでは、交差点に注射針が落ちていた。地下鉄に乗ったとたん、隅の席に毛布を頭からかぶった黒人の二人連れを目にした時には、二人ともポケットのトークンがじゃらつかないよう、身体を固くした。

それでもマンハッタンは美しかった。スタテン・アイランドへ向かう船から見た自由の女神は、大らかな青空を背にして真っ白に輝いていたし、グリニッジ・ヴィレッジは街も人も絵画のようだった。どこを歩いているか判らなくなることもあったが、それもまた楽しい迷子だった。英語の道路標示が読めるなら、そして観光客の歩くようなところだけを歩いているなら、マンハッタンで途方に暮れるほど道を失うことはない。二人は通りの突き当たりに見える「MetLife」の文字や、不意に姿を現すセント・パトリックス・カテドラルに驚喜しながら、長い散歩を楽しんだ。

期待はずれな観光名所もあった。セントラル・パークはただ果てしないばかりで、巨石があろうと湖の向こうに摩天楼がそびえようと、二人にはそういう場面のあった映画を思い出す以上の興味は持てなかった。それ以上に興ざめだったのがエンパイア・ステート・ビルディングで、最初のうちは古びたビルの内部やエレヴェータに興味を惹かれたものの、展望台に出ると目の前には新参者のワールド・トレード・センターが視界を邪魔していた。青空に目を向けても、大都会を見晴るかそうとしても、そうはさせじとツイン・タワーが割って入り、みずからの異常な背の高さを誇示してくる。摩天楼の調和を乱すツイン・タワーに、二人は興醒めした。

しかしそういった物見遊山は、この短い旅行の最大の思い出ではなかったのだ。それは思いがけない幸運としてやってきた。

日のあるうち二人はあちこち歩き回り、ホテルに戻ると少し昼寝をして、安いピザなどで夕食を済ませると、夜はブロードウェイでミュージカルや芝居を観た。ここぞとばかりに金を使うことに決めたらしい梶本は、ホテルに頼んで毎晩チケットを取って貰っていた。二人は『オペラ座の怪人』や『シカゴ』といったロングランのミュージカル、それにオフ・ブロードウェイの小劇場で名も知らぬ劇作家の地味な喜劇を、ホテルのレセプショニストが熱心に薦めてきたので観た。二人の英語力ではミュージカルすら充分に理解できないところもあったが、そこが劇場であること、ブロードウェイであること、オーケストラボックスから音楽が流れてくること。それだけで二人は大いに満足し、堪能した。

帰国二日前の夜だった。ホテルで『レ・ミゼラブル』のチケットを手に入れた二人は、小さなサンドウィッチの店から、ガラス越しに通りを行き来する人たちを眺めていた。すると急に梶本が立ち上がった。ガラスの向こうを歩いていた一人の白人が、満面の笑みを浮かべ、手袋をした両手を叩きながら近づいてきて、すぐに店の中に入ってきた。

ボビー！　梶本が叫び、ノリ！　と白人は梶本に抱きついた。かつて梶本の会社で働いていた渉外役との、偶然の再会だった。

貞子を紹介されたボビーは、彼女もまた映画狂であることを知って喜んだ。仕事上では殆ど接点のなかった二人を親しくさせたのもまた、映画だった。いずれは帰国して映画関連の仕事に就くつもりだと公言していたボビーは、今のうちにと日本映画やアニメーションを集中的に観ていて、その分野では梶本よりずっと詳しかった。そして数年前に宣言通り、アメリカの映画配給会社に就職して日本を去った。

それ以来連絡していなかった二人がマンハッタンで予期せぬ再会を果たしたのだから、貞子が置いていかれるほどお互いに興奮し喜ぶのも無理はなかった。

しかもそれは素晴らしいタイミングだった。ボビーは今、外国映画をアメリカで配給する仕事をしているのだが、この年末に公開予定のイギリス映画の試写が、一時間後にタイムズ・スクエアに近い会社であるという。編集もファイナルではないしバイヤー向けの地味な試写会だが、二人ぐらいもぐりこむのは簡単だ。良かったら君たちも来ないか。

貞子はそんな話を聞いただけで胸が高鳴った。

「今から『レ・ミゼラブル』に行くつもりなんだけれども……」

慎重な梶本がためらいがちに言うと、ボビーはにやりと笑った。

「あれは確かに悪くないね。だけどこっちは、ロバート・アルトマンの新作だぞ。ニューヨーク・タイムズの記者だってまだ観ていない」

梶本は貞子と目を見合わせた。貞子はバッグからミュージカルのチケットを二枚取り出すと、ボビーに差し出した。

「ガール・フレンドにあげてください」

ボビーは笑ってチケットを受け取り、三人は大急ぎで店を出た。

大きいが不愛想なビルの高層階に連れて行かれた。四十席ほどの試写室に十二、三人ほどが黙って座っているところで、貞子と梶本が観たのが『ゴスフォード・パーク』だった。

イギリスの豪邸を舞台にしたミステリ・コメディで、アルトマン作品らしい大人数の登場する会話劇だった。貞子も梶本も、理解できたのは半分以下だったろう。けれども二人は、イギリスの本格的な邸宅に、豪華な衣装を着たマギー・スミスやクリスティン・スコット・トーマスが現われるだけで、そして昔と変わらぬアルトマン特有のズームや、大勢をワンカットに収める画面を観るだけで、殆ど涙をこぼさんばかりに感動した。

何よりそれは、ニューヨークという情報とアートの最先端都市で遭遇した、最新の映像、巨匠の今作りつつある新作、その現場だった。試写が終わると商談が始まるらしく、そそくさと試写室を抜け出さなければならなかった。ボビーに感謝を充分に伝えることができなかったのが、二人には心残りでならなかった。

四月のニューヨーク行は二人にとってもおのおのにとっても、最も充実して密度の濃い旅になった。帰国翌日からすぐに出勤しなければならなかったのにはウンザリしたが、家に帰れば二人は写真を見たり思い出話を語ったり、ボビーにＥメールを送ったりして、いつまでも余韻に浸った。梶本が渋谷のＨＭＶで『ゴスフォード・パーク』のサウンドトラックＣＤを輸入盤で見つけてきてからは、しばらく室内のＢＧＭはこればかりになった。また近いうちに二人でどこかへ行きたいとも話し合ったが、マンハッタンほどに楽しい驚きや僥倖に再び巡り合えるとは思えなかった。

梅雨が過ぎ夏が終わりかけた頃、いきなり梶本が一本のレンタルビデオを借りて帰ってきて、これが二人の寝る前の小さな習慣を作るようになった。その時借りてきたのは『男はつらいよ』の第一作で、貞子はそんなもの、今までろくに相手にもせず頭から否定してかかっていた。

梶本も「ＴＳＵＴＡＹＡ」の棚で何となくこのビデオと「目が合った」から借りてきただけだった。ところが観てみると、貞子は始まって二十分足らずで胸が詰まり、涙を浮かべてしまった。睦家が盆暮れに家族総出でドリーム名画座に行き、このシリーズを観るようになったのは、何作目からか貞子はもちろん憶えていない。恐らくマンネリになってからのものばかりだったのだろう。だから私は馬鹿にしていたのだろう。第一作がこれほどすぐれた人情喜劇だったとは知らなかった。

このシリーズに対する認識を完全に入れ替えた貞子は、それからしばらくのあいだ梶本が帰宅すると、ドアを開けしなに、

「お兄ちゃん……？」

と呼びかけ、梶本に、

「そうよ！」

とニッコリ笑うよう、強要した。『男はつらいよ』の名場面を再現するこの児戯は、九月の初めまで繰り返された。

梶本は『男はつらいよ』を二作目、三作目と借りてきて、寝る前に二人で観るのが、その頃の習慣になっていた。その頃というのは、その年の九月十一日までということである。

その日も二人は「寅さん」を観ていた。木の実ナナが出てきたことは憶えている。梶本の帰

宅が遅く、夕食は映画のあとでファミリーレストランか居酒屋にでも行って食おう、という話になっていたのも記憶がある。ほかのことは何も憶えていない。

映画が終わったのは十時過ぎだった。ビデオを止めると、自動的に今放送されているテレビが映る。そこに二人は、脇腹から黒煙を吐いているツイン・タワーを見た。晴れ渡った青空だけを背景に、常軌を逸した高さのビルは屋上から少し下の部分に黒い穴をあけ、そこから無限に続く煙を送りだして空を穢していた。ちょうどアナウンスのない時だったのか、画面はヘリコプターのような音や、遥か遠くに響き渡っている救急車や消防車のサイレンのほか、やけにしんと静まり返っていた。

「何があった?」梶本は静かに言った。「これは、なんだ」

九月十一日、ワールド・トレード・センターのツイン・タワーへ、航空機が突っ込んだ。初めに一方のビル——北のビルか南のビルかは確認できない——に現地時間午前八時半過ぎに衝突があり、次いで現地時間午前九時二分ごろに、二機目の衝突が他方のビルにあった。これはその生中継映像だと、いつの間にか二人はテレビに教えられていた。貞子は目に痛みを感じた。まばたきをしていなかったせいだとは、しばらく気がつかなかった。梶本は左手で貞子の右手を握り返していて、もう片方の手で額を押さえていた。

「今日って、何曜日だっけ……」

貞子はそんなことも思い出せなかった。

「火曜日」

「じゃあ、中で働いている人だって……」

「たくさんいるんじゃないか。アメリカ人は働くから」

目の前で生中継されている映像を、今現に起こっていることだと理解するのは難しかった。ましてそれが、春に訪れた街の、エンパイア・ステート・ビルから見つめた、あの同じ建物の姿だと認めるには、あまりにも非現実的だった。

「現在、マンハッタン上空はすべての飛行機が、ええ、飛ぶのを、ええ、飛行を禁止されております。またマンハッタンに入るすべての道路は封鎖されているとのことです」

アナウンサーも狼狽していた。

「俺のパソコン、開いて」梶本が言った。「パスワードは知ってるだろ」

「何したらいいの」

「ボビーにメールして」

そうだ、ボビーはどうしているだろう？　タイムズ・スクエアはツイン・タワーから離れてはいるけれど、マンハッタンの中にある限りは、安全とは言えないのではないか。

同じリビングの、テレビに背を向けた机の前に座り、貞子はパソコンが起動するのを待った。

そのあいだに、テレビはいっそう信じられないことを報じた。

「ご覧になっている映像は、ワシントンのアメリカ国防総省、ペンタゴンの現在の様子です。煙が上がっています。ペンタゴンも炎上している模様です」

「戦争になる」

梶本の声は、少し遠かった。

貞子はパソコンから目を上げた。テレビの前には誰もいなかった。梶本はリビングの右側にあるキッチンに立って包丁を持ち、じゃがいもを剝いていた。

「出かけていられないよ」梶本はじゃがいもから目を離さずに言った。「何か食べないといけない」

「いいよ食事なんか！」貞子は自分が苛立たしげに声を荒げたのを、自分でも不思議に思いながら言った。「食べる気なんかしないよ！」

「駄目だ」年下の梶本は、太いしっかりした声で断じるように言った。「食べなきゃ駄目だ」

その命令口調が、貞子には腹立たしかった。何ひとつきちんとできない男が、何を偉そうに。だがその彼女も、今二人がやっていることは役割があべこべだ、とは思わなかった。普段ボビーと連絡を取っているのは梶本なのだし、彼は一緒に住んでから料理など作ったことはないのだから、彼がメールをし、貞子が台所に立った方がいいんじゃないか……。貞子はそんな風に考えるのを、すっかり忘れていた。

——We are just watching the news. Are you OK? We are both worried about you. Please reply if you have time. ……

これだけの英文を作るのに、貞子はひどく苦労した。送信してから、梶本に文章を見せなかったことに気がついた。

「送っちゃった」

「そう。ありがとう」

雑に切ったじゃがいも二、三個と、ベーコンのバター炒めに、パセリが添えられていた。冷蔵庫のありあわせで、ご飯も炊いてなかったから、パンと野菜ジュースがついているだけだった。バターは多すぎてじゃがいもはギトギトしていたし、塩胡椒は足りなかった。うまいとは言えない料理だった。それでも貞子は半分以上をたいらげた。

「戦争になる」梶本はもう一度呟いた。「二十一世紀が始まった」

腹がくちて落ち着いてきた貞子は、顔を暗くした。自分の中に浮かんできた、ノストラダムス、という一語が、たまらなく不愉快だったのである。

——以来梶本は、しばしば台所に立つようになった。自分を落ち着かせるために。

「写真撮るぞ」

そう言って昭が取り出したカメラを見て、娘たちは驚いた。

「あれっ。それもしかして、デジタルカメラ？」陽子が最初に気がつき、

「買ったの？　高そう！」恵美里がカメラに近寄った。

「安くはないねー」昭は自慢げだった。「キャノンの一番新しいやつ。325万画素」

「凄いですね」青木さんは触りたそうに手を少し伸ばしたが、昭はカメラを握りしめて離さなかった。

「デジタルカメラって、いっぺんに何枚も撮れるんでしょ」大石さんも控えめに近寄ってきた。

「いいから、みんな並んで」昭は笑顔のまま皆を制した。「あとで、ゆっくり見せるから」

今シャッターを切ったばかりの写真を、すぐに見られるのも珍しかった。ディスプレイの中の家族たちは、全員が笑顔だった。

第六図

「このごろのサダ子さん」

写真：前列右より、島茉凜《しままりん》（三歳）を抱いた、睦由貴（十四歳）、睦八重子（七十歳）、睦昭（七十一歳）、島恵美里（三十三歳）。

中列右より、青木剛《ごう》（三歳）を抱いた、青木陽子（四十歳）、睦夏子（四十二歳）、睦和也（十三歳）、青木信（九歳）、青木賢（十歳）、睦貞子（四十四歳）。

後列右より、青木正（四十三歳）、島勇人《ゆうと》（四十歳）、梶本紀一（三十九歳）。

睦家応接間にて、平成二十年一月二日。


もはやいちどきに全員が応接間に収まることはできない。子どもたちは年齢に差もあるし、そうしょっちゅう顔を合わせているわけでもない。男の方が多いからお互いへの牽制もあるのかもしれないが、それでも応接間から食堂、奥の間や浴室に向かう廊下を、みんなで甲高い声をあげて走りまくっている。それを叱りつける陽子と恵美里の声もうるさい。子どもたちは叱られても黙っているのはその時だけで、あいつが最初にぶってきたんだとか逃げなきゃ殺されるとか理由をつけて騒ぎ、しまいには泣き叫ぶ。夏子やほかの母親たちは中学生の和也に統括してほしいのだが、赤ん坊の相手をするつもりがない和也はゲームに集中してどんな騒動が起こっても無視している。ケンカや絶叫ばかりでなく信が習い始めたピアノを弾きだすと由貴は

「アラベスク」を披露せずにはいられずその脇で剛も茉凜も鍵盤の両端をばんばん叩いて高音と低音を鳴らしだす。騒ぎをほったらかしにしているのは男たちも同じで、青木さんと梶本さんは意気投合して、昭が席を外しても呑み続けているし、特に騒いでいる女の子の父である島さんは、たまに娘を抱いてあやしたりしながらも、和也のやっているゲームの方に気がいっている様子だ。

女たちにも酒が入っている。呑みながら料理を作りながら夫の悪口や人の噂で爆笑している。運転はどうするつもりなんだと貞子が心配すると、陽子は車を近くの駐車場に置いて歩いて帰り、夏子は子どもたちともども今日はここに泊まるのだという。戸塚の駅までどちらかの車に便乗しようと思っていた貞子は、バスに乗らなければならないのかと思うとウンザリした。

このいさめる者なき喧騒を、飲めない八重子はさぞ迷惑に感じているんじゃないかと思ったら、母は女たちの誰よりも高く笑い、大声で人の悪口を言い、テキパキと立ち働いていた。

「ああうるさい」

応接間は騒がしいだけでなく、空気も薄くなってきたような気がした。八重子も同じことを感じたらしく窓を開けたが、冷気が子どもたちに不評である。貞子は逃げ出すことにした。

もとは彼女の部屋だった八畳間で庭を眺めていると、昭がビールの入ったコップを持って入ってきた。

「俺も、いっぺん頭を整理しなきゃダメだ」と、昭も笑った。「どれが誰の子だったか、油断してると判らなくなっちゃう」

夏子の子どもが由貴と和也、この二人は中学生で、由貴は高校受験を控えているくらいだから、もう大人と見なしていい――お年玉はまだまだ渡さなければならないが。陽子のところが夫の青木さんと賢、信、それに今年四つになる剛の五人。恵美里が旦那の島さんと、剛と同い年の茉凜を連れてきて、貞子も梶本さんと来たから……。

「だから、都合何人だ？」

一緒に家族の名前を確かめていた昭にそう訊かれて、貞子はすぐに答えられなかった。

「えーっと、えっと、二足す三足す五足す三、十三人だ」

「十五人だ馬鹿」昭は笑った。「この家のアルジを忘れたか。親不孝者な娘だ」

「島さんは去年来なかったよね」貞子は小声で言った。「恵美ちとうまくいっていなかったんだよね。今年は来た」

「まあ、だからって、うまくいってるってわけでもないだろうけど」昭はしれっと呟いた。

「娘の結婚生活が不安じゃないの？　父親のクセに」

「結婚したら独立採算制じゃないか」昭は答えた。「よそ者が心配したってどうにもならない」

「父親はよそ者じゃないでしょ」

「そうか?」昭は笑った。「お前だって、お父さんがお前のことに口出ししたらどう思う。貞子お、そろそろ梶本さんと入籍しないのかあ、なんて言ってきたら、気分悪いだろう」

「気分は悪くないけど」貞子は考えながら言った。「まあ、無視するかな」

「だろう?」

それから昭は、思い出し笑いをした。

「お父さんの友だちがさ、昔言ってきたんだよ。娘ばっかり四人いて、みんな嫁に行ったら、寂しくてしょうがないだろうって。あいつに見せてやりたいよ、今日のこの、我が家の騒乱状態を」

「今日だけじゃない。いつもはシーンとしてるんでしょ」

「何が。シーンとなんかしてるもんか。娘てのはどうしてああ、実家にちょいちょい帰ってくるかね。お前だってそうじゃないか。自分ちでちょっと嫌なことがあると、すーぐお母さんのところに行って。喋って。それがさ、みんながみんな、メシ作りながら喋ってるんだよな。だからお父さんが帰ってくると、もう食い切れないくらい肉じゃがだ、魚のフライだ、野菜炒めだなんだって、勘弁してくれ。こっちゃあ七十過ぎたんだから、食えないよそんなに」

恵美里が結婚するときも、昭は娘を送る父親らしい寂しげな様子は微塵も見せなかった。島家の両親との初顔合わせでは、

「最近、日本の離婚率は三割を超えたそうですが、我が家もほぼ同率でして……」

と縁起でもないことを言って、その場を笑わせたそうである。夏子の離婚があったからでもあろうが、決して父が寂寥感をごまかしたのではなかったろうと、貞子は睨んでいる。昭という人には、本当にそういう軽薄な、悪ふざけめいたところがある。三十を過ぎたころから、娘にもそれが見えてきた。

見えてきたのは、それだけではない。

「お父さん、会社はどうなってんの？　うまくいってる？」

秋葉原にある昭の会社に、近ごろ貞子はめったに立ち寄らなくなった。

三十代の頃には、会社帰りに実家へ母の顔を見に行くときなど、父の会社に寄って一緒に帰れば、母が戸塚駅まで車で迎えに来てくれるのを便利に使っていたものだが、最近はそれもない。梶本との暮らしが日常になって、平日に原宿を訪れる余裕がないこともあるし、年齢とともに実家が遠く感じられるからでもあったが、そもそも父の帰宅時間と貞子の終業が、同じ時間にならなくなった。社内での地位も上がり、責任も部下も増えた貞子が定時に仕事を終えられることはまずないが、ここ数年の父は五時前に退社するらしい。小さな会社の経営者だから、好きに仕事を終えられるのでもあろうし、寄る年波のせいでもあろう。

「仕事はまあ、大丈夫だね」

仕事を語る父の口調は、昔と変わらないような気が、貞子にはした。

「どうもお父さんは仕事の運がいい。昔っからそうなんだ。去年なんか、本当はずっと仕事が来なくて、こりゃあそろそろ会社をたたまないといけないと思ってたんだけど、そういう時に大きな仕事がボンと入ってさ。前からそんな調子。それで四十年以上やってきた。運だけで」

しかし昭の笑みは、自信ある勝者のそれでは決してなかった。

「だけどさ、もう七十でしょ」貞子は言った。「そろそろ考えないといけないんじゃないの？」

「まだ辞めないさ」昭はほんの少し口を歪めた。「辞めたって、やることねえしなあ。それに、まだ辞められないんだ。借金返さないといけないから」

「この家のローンはもうないんでしょ」

「家には借金なんかないよ。だけど、会社にね。整理するにしても、いろいろ面倒だし、まだ仕事はあるんだから」

昭は娘に目をやって、改めて微笑した。

「今はもう借りる気もないし、貸してくれるところもないけどさ、昔は大変だったんだから。銀行が毎日来ちゃって、借りてくれ借りてくれって。あの頃は仕事も調子よかったし……。会社を大きくするつもりはなかったんだけどね。借りたこっちも若かったけど、銀行の奴らったら、まあ……」

昭は不意に口を閉じた。

お父さんが社長だということは、幼い頃の貞子には何か面映ゆかった。テレビのドラマで見るような、白髪をオールバックにして三つ揃いのスーツを着て、部下を従え大きなビルの廊下を歩き、社長室で木箱に入った葉巻を吸うようなのが「社長」だと、学校の友だちばかりでなく自分でも思っていた。

ほかの娘たちと同様、貞子も何かの折に父の会社に連れて行かれることがあった。幼かった貞子の目に、お父さんは少しも社長らしくなかった。会社は昭和通りから路地の奥へ入ったところにある雑居ビルの一室、通勤の時こそ背広を着てはいても、仕事の時は油汚れのついた作業着に着がえ、二人しかいない社員と全く同じ部品の組み立てだの電話応対だのをするだけで、社長らしいところといえば、人に出前を頼ませたり電話を取らせたり、言葉遣いが横柄なことくらいだった。

それでも父の小さな会社には活気があった。貞子が頻繁に会社へ連れて行かれたのは小学生、中学生の頃で、一九七〇年代だった。今にして思えば「働く父親の背中」を見せたかったのだろう。

だが仕事が始まると、昭はすぐに娘が足手まといになるらしかった。昼休みになると、昭は貞子を上野の鈴本演芸場に連れて行った。昼席の前座を二人ばかり、貞子と並んで見ると、父は娘に耳打ちするのが常だった。

「お前、ここで見てなよ。お父さんあとで迎えに来るから。外にいるおじさんに言ってあるから」

今だったら考えられないのかもしれない。父は小学生の娘を一人、寄席の客席に置いてけぼりにして、仕事に戻ってしまうのである。そうなったら貞子は昼席が終わって夜席が始まっても、ずっと同じ場所に居続けるのだった。

しかしそれは苦痛でもなければ孤独でもなく、ひたすら楽しく贅沢な時間だった。今となっては見ようと思っても見られない、馬生だの圓生だの、今輔婆さん（女ではなく、噺の中のお婆さん役が評判だった噺家である）だの、彦六になる前の正蔵だのの名人芸を、湯水のように目の当たりにできたのだから。もっとも小学生の女の子には人情噺や「安中草三《あんなかそうざ》の牢破り」なんて、聞かされても面白くもなく、手品や紙切りの方が気に入っていたけれど。

昭の娘たち四人が四人とも、それぞれに彼の会社へ連れて行かれたが、鈴本に置いていかれたのは貞子だけだった。夏子も陽子も恵美里さえもが、会社の仕事を黙々と手伝っていたらしい。陽子などは、ハンダ付けの腕を買われて、結構なバイト代をせしめたというもっぱらの噂である。……もっとも、貞子も高校に入ってからは鈴本にも連れて行かれず、といってろくに働きもせず、バイト代だけはチャッカリ受け取っていたのだから、妹たちよりよほどタチが悪かったともいえる。

しかしもっとも豪勢な経験をしたのは夏子だった。高校生の頃だったか、週末、会社に遊びに行くと、たまたま仕事の手が空いていたらしい昭が突然、

「香港、行くか！」

と言い出し、そのまま羽田から香港に飛んで二日遊んできたのである。

バブルというのはのちになって言うことで、その頃には日本で会社を経営していれば、それくらいのことはあるものだと、父ばかりでなく、娘たちばかりでなく、誰もが思っていたのだ。

そんな思い出話を貞子がすると、昭の口調も活気を取り戻した。

「あの頃のお父さん、ほんと家にいなかったよね」貞子が笑いながら言った。「しょっちゅう海外出張してたし」

「貞子はいちばん憶えてるだろうなあ」昭はビールで口を湿らせた。「会社をがんばろうって、はりきってたからなあ。恵美里なんか、そんなところは全然知らないよ」

「そうなんだよね」貞子は笑った。「こないだ恵美ちに、お父さんのゴルフバッグの話したら、びっくりしてたもん。お父さんゴルフやったことあんの？　って」

「あれも、買ったけど、一回しかやらなかったなあ」昭は笑った。「もったいないことしたよ。接待に必要だと思ったんだけど、接待の前に仕事が決まっちゃって、いらなくなった。そんな

のがほかに、いくらもあったよ。ボーリングのボールも買ったし、釣り竿も……。釣りは貞子とやろうと思って、久里浜なんか行ったんだけど、お前は魚がつかめなくてさ」

「そうだったっけ」貞子は思い出そうとした。「憶えてないや。憶えてんのは、お父さんの麻雀だけ」

「麻雀は大学生のころからずっとだから。別に接待じゃない」

「接待だよー」当時の不愉快を思い出してしまって、あまり本気にならないよう、貞子は笑いながら言った。「私、何度もびっくりしたもん。夜中に家の中が急にうるさくなってさ、なんだろうと思って応接間を開けたら、煙草の煙だらけの中で、お酒臭くて、知らない人がいっぱいいて、お父さんと麻雀やってんの」

それは今いる原宿の家の応接間ではなかった。辻堂の、改築前の大きな家でのことだった。

「あれはひどかった」昭は申し訳なさそうに言ったが、その口調はどこか他人事のようでもあった。「あの頃はもう、最初のポリシーもなくなっちゃってたんだよなあ」

「最初のポリシーって何?」

「仕事を家に持ち込まない、っていうね。必死だった。会社っていうのは、小さいままじゃいけないんだよ、本当は。果てしなく成長していかないといけない。じゃないと銀行に潰される。融資を受けるっていうのはそういうことだからな。それがもう、強迫観念になっちゃって、しゃにむに仕事を取ろうとしてたんだよなあ。家でもどこでも、使えるものは全部使うって思ってたから」

「今そんなこと考えてる経営者、いるのかな」

「そりゃいるだろう。ただまあ、バブルが終わって銀行が金貸さなくなったからな。それはそれで、そうとう厳しいんだけど」

「どっちにしても厳しい」

「そういうこと」

「だから呑まずにいられない？」

「あの頃の酒は接待百パーセントだったね。俺は家を出たその日に帰ったことがないって、自慢してたんだから。毎日十二時過ぎていた。終電にも間に合わなくて、タクシーで帰るなんてザラだった。それでもお母さんは、ずーっと起きてて」

昭はそっとため息をついた。

改築した辻堂の家に一人で住んでいた八重子の母が死んで、そろそろ十年になる。葬儀を終えると、昭は一周忌を待たずにその家を売った。昭自身は一度も住むことのなかったこの不動産売買で、損をしたのか得をしたのか、昭は娘たちに決して打ち明けなかった。何かの拍子でその話が出る時の、父親の恐ろしいような表情から、貞子は（決して得はしなかったに違いない）と推察するだけだった。

この時も貞子はその話を、思い出しはしたけれど、持ちだすつもりはなかった。その代わりに、

「さすがにお酒は減ったよねえ」

と、相槌のつもりで言うと、

「お父さんはうまいと思って酒を呑んだことはない」昭はきっぱりとした口調で言った。

長女にとっては、呆れるような驚きのひと言だった。今しがた自分で言った通り、父は毎日呑んで帰り、休日は二日酔いで昼過ぎまで寝ているような人だった。そればかりでなく家にも高級なブランデーやワインを並べ、これは本当にうまいんだ、ひと口飲んでみろと、まだ高校生だった娘たちにもニコニコと勧めていたのである。

貞子がそれを言っても、しかし昭は、

「うまいと思ったことはないね」と繰り返すだけだった。

「じゃなんで毎年呑んでんだよ」貞子は冗談らしく訊いた。「今そこに持ってるものはなんだ？」

「ビールは酒じゃないだろ」昭は呑兵衛の決まり文句を言って笑った。「みんなが来るから、今日だけは呑んじゃうんだよ」

昭は楽しそうだった。貞子も笑った。

「前にお父さんが言ったこと、憶えてるんだけどさ」貞子は言った。「いつだったかな、夏子も陽子も、お母さんも、みんなで大ゲンカしたことあったんだよね。もちろん口ゲンカだったけど……恵美ちはいなかったかなあ……。そしたらお父さんが、何にも事情知らないクセにぶらーっと入ってきて、みんなの真ん中に座って言ったの。『お父さんは、楽しいことは好き。楽しくないことは嫌いッ』って」

「俺が？　言わないだろう、そんなくだらないこと。お父さんはいつも、もっと哲学的なこと言うだろう」

くだらないどころじゃない、あれはお父さんの人生の倫理でしょう、とは、しかし貞子は言わなかった。ただ黙って笑った。

「貞子、今、『前に』って言ったろう。前にお父さんが言ったって」

「うん」

「それ、みんなが一緒に住んでいた頃のことだろ？」

「そうだよ」

昭がクックックッ、と笑ったので、貞子は怪訝な顔をした。

「何」

「歳取るとな、『前に』って言ったら、だいたい二十年くらい前のことなんだよ。『このあいだ』って言ったら、十年前の話なんだ」

貞子は苦笑した。「おばさんですよ、私は。とっくに」

部屋の外がいっそう騒がしくなってきた。八重子や男たちの声も混じっていた。不意にドアが開いた。

「あ、ここにいた」夏子が大きな声で言った。「ケーキできた。ハッピバースデーやるから。早く早く」

例によってスポンジに子どもたちが生クリームを塗りたくり、缶詰の白桃やオレンジ、それにチョコレート菓子を無茶苦茶に載せて作った不細工なケーキが、応接間に運ばれた。七本のローソクに火が灯され、賢が明かりを消し由貴がデジカメで記念写真を撮ると言い出し、タイマーが判らなくて昭や青木さんも一緒になってカメラをいじっているあいだもローソクは燃えているから、ロウは垂れるしクリームは溶けるし、ただでさえどろどろのケーキはどんどん形が崩れていく。全員がちゃんと収まった写真が撮れるまで、みんな大笑いだった。

「これ、ほんと旨いよ」梶本がひと口食べて言った。

「まーたまた」と夏子は信じなかったが、

「ほんとなの」貞子が代わりに答えた。「この人、毎年このケーキ楽しみにしてんの。あんな愉快なケーキ見たことないって、秋ぐらいから言ってんの」

「由貴ちゃんや茉凜ちゃんに、うちに来てほしいくらいだよ。僕の誕生日にも、このケーキ作ってほしい」

「うちの子も呼んでよ」

青木さんが買ってきたフルーツタルトを持って、陽子が台所から来た。

「私も行くから。自家製ケーキ持って」

「陽子は来ないでください」

断じるようにそう言った自分の声が思いのほか冷たかったので、貞子は驚いた。夏子も恵美里も貞子を見たが、ほかの大人たちは知らん顔をしていた。

「なんでー？」陽子はことさらに声を大きくした。「いーじゃん私も行ったって」

「うちに来てほしくないの」貞子は自分を止められなかった。陽子を睨んだ。「なんでだか、あんた知ってるでしょ」

「なぁによ」

陽子は笑ってとぼけたが、その笑顔は引きつっていた。

「なぁによ、じゃないよ！」

貞子は陽子のとぼけ顔に、（やっぱりそうだったのか）という驚きに加えて、ほんのりと憐れみも感じた。けれどもここで追及の手を止めるわけにもいかなかった。

「あんた私のマンガ描いてるでしょ！」

「えっ」「何それ？」

夏子や恵美里や由貴の目が、貞子と陽子のあいだをせわしなく行き来した。男たちもチラッと視線を向けた。

「こいつブログにマンガ描いてるんだよ、偽名使って」

「偽名って」恵美里が笑った。「ハンドルネームでしょ」

「私のマンガなんだよ！」構わず貞子は続けた。「私のことからかって、マンガにしてんだよ」

「ほんとに？」

夏子が目を向けても、陽子は黙っていた。

「どんなマンガ？」由貴のあっけらかんとした質問に、貞子が、

「『このごろのサダ子さん』ってやつ」

と答えると、八重子がドハハハ！　と笑った。恵美里も笑い、子どもたちは恐らく理解はしてないだろうがつられて笑った。

貞子はそのブログを、会社の新入社員から教えてもらったのだった。「貞子」の映画はひところずいぶんと作られたようだが（貞子はひとつも観ていない）、何年か前にハリウッド映画

になったのを最後に流行も下火になってくれたようで、今や貞子と聞いても剛や茉凜はなんのことだか判らないようだ。このまま日本怪談史の中へ静かに埋もれてくれれば幸いだと思っていたところへ、昨年の秋ごろから飲み会の席などで酔っぱらった若い社員から、

「部長はやっぱ、移動はテレビですか」とか、

「睦部長、この頃はどうですか」

などと意味不明なことを言われ、貞子がきょとんとしている隙に若い連中どうしで隅に固まってクスクス笑われるような事態が生じ始めたのである。

「どうしたの？　なんなのよぅ」

という貞子を気の毒に思ったのか、会社の昼休みに部下が携帯電話で見せてくれたのが、『このごろのサダ子さん』だった。

ひと目見て貞子は蒼白になった。即座に携帯を返し、帰宅してすぐにパソコンを開いた。毎日一コマか二コマずつ描き進められているようで、さかのぼると半年以上続いていた。貞子はできるだけ気を落ち着かせて、最初から見ていった。

――殆ど背景など描かれていない、がらんとした部屋の中に、長い黒髪で顔を隠した女が長い白衣を着て寝ている。目を覚まし、黒髪の中に箸を運んで朝食をとり、髪の中から歯ブラシの柄だけを出して歯を磨く。浴室から鼻歌の聞こえる無人のカットがあって、出てきた女は寝

ていた時とまったく同じ白衣を着ている。馬鹿でかいバッグを肩にかけ、誰に言うでもなく「いってきま～す」と呟くと、女は部屋の隅にあったテレビの中に入っていく。

場面が変わると、どうやら社員食堂らしい。誰もいない広い部屋に大きなテーブルが並んでいる。壁掛け時計が八時半を指している。時計の下にテレビがあって、女がそこから這い出てくる。高いところにあるテレビから出てきたので床にずり落ちるが、痛いとも言わずに立ち上がって食堂を出て行く。

次の場面はオフィスである。社員たちがオハヨー、おはよーと声をかけあっているところへ、白衣に長い髪の顔が見えない女が入ってくる。女子社員が何気ない口調で挨拶する。

「ムネミツさん、オハヨー」

ムネミツさんは仕事中ほとんど口を利かず、ひたすらパソコンの前に座っている。彼女の周囲で仕事のトラブルや社内恋愛の噂話が飛び交うが、ムネミツさんは微動だにしない。

ブログで無料公開しているコミックの中では、そこそこ人気があるということだった。会社でのトラブルが「あるある」で、主人公が「微妙にシュール」だからだそうだ。貞子にはさっぱり理解できなかった。

壁掛け時計が四時五十分を指すとムネミツさんの机の後ろにあるプリンターがウ～ンと音を立てて書類を出し、ムネミツさんはその書類を上司に提出する。「はい、ご苦労さん」と上司から静かに言われてムネミツさんはでかいバッグを持ってオフィスを出る。社員食堂を通りかかると、中ではおじさんたちが何人か雑談をしていて、テレビもついている。ムネミツさんの心の声が出る。

（ふつうに帰るか……）

電車の中でもケンカがあったり線路の上を逃げた馬が走ったりするのだが、ムネミツさんはつり革を握ったまま同じポーズを崩さない。

紙に描いたものをスキャンしてでもいるのか、すべて鉛筆描きの下手な絵だった。そのくせ会社の上司とか馬なんかの描写はやけに細かく、その細かさがまた、つたないデッサンを思わせた。

会社の部下から携帯でマンガを見せられた時から、貞子には作者が誰だか、すでに見当がついていた。ムネミツさんが帰宅した場面になって、それと同じコマが現れた。

ムネミツさんがただいまーと言って部屋に入ると、男が夕食を作っている。「おかえりー。今日はマトンカレーだよ」とにこやかに出迎えるその男の顔は、やたらと二枚目にデフォルメされた梶本そのものである。

これをあらかじめ見ていたから、貞子はマンガの「サダ子さん」の名字がムネミツであっても驚かなかったのだ。ムネミツ・サダ子。「陸奥《むつ》宗光《むねみつ》」から採ったに決まっている。

夏子にはマンガをブログに載せるなどという高度な芸当はできないだろう。恵美里にはたやすいわざだろうが、あいつが陸奥宗光を知っているとは思わない。こういう小器用な真似ができて、小意地の悪い笑いが得意な奴といえば、陽子をおいてほかにはいない……。

原宿の家の応接間で、皆の前で貞子がこの一連の出来事と推理を怒りを込めて訴えても、一同の笑いは止まるどころか爆発する一方で、夏子も昭も涙を流して笑っているし、恵美里などは腹をよじって、

「やめてー、もうやめてー」

と言いながら、本当に椅子から転げ落ちて床に尻を突いて笑うほどだった。陽子も、大石さんまで笑っている。梶本だけは貞子の怒りを日常的に知っているから、困り顔でうつむいていたが、その肩はクックック、と震えていた。

「おかしくないっ」貞子は顔を赤くして叫んだ。「人のこと勝手に笑いものにするなんて、最低だよ、最低!」

「そんなに怒ることないじゃない」陽子は不満げだった。「誰もあれがお姉ちゃんだなんて思ってないんだから」

「会社で言われてるんだよ、会社で」

「名前だけでしょ?」その口調で、陽子は不満なのではなく、不安なのだと貞子は察した。

「前から言われてるんじゃないの？　貞子貞子って」

「言われてるから何。火に油注いでいいって思ったわけ？　人と一緒に私のこと馬鹿にして笑おうって」

「馬鹿にはしてない」

「笑いものにはしてるじゃない」貞子はひと息ついてから、もう一歩踏み込むことにした。「私だけじゃないでしょ。梶本さんだって」

「僕は何とも思ってないってば」梶本さんが苦笑した。「何度もそう言ってるじゃないか。僕はいいんだよ別に」

「私はイヤなの！」

「大人げないなあ」

「あんたには判らないんだよっ」

三つどもえのいさかいのようになってきた。三人のほかは皆黙ってしまった。

「お母さんの誕生日だぞ」昭の苛立った怒り方は、なんだかみんな一緒に暮らしていた頃のようだった。「ケンカなら外でやりなさい。子どもたちが見てるんじゃないか」

だが子どもたちは貞子と陽子が言い合い始めた時から、さっさとケーキを持ってテーブルを離れ、テレビの前でゲームを始めていた。夏子もコントローラーを握っていた。だが賢や信はもちろん、幼い剛や茉凜さえ、黙って母と伯母のいさかいの様子を背中で窺っていた。

「ちょっと！」

携帯を見ていた恵美里が、気まずいような笑い声を上げた。

「お姉ちゃんこれはまずいよー」

貞子は何かと思ったが、恵美里は陽子に向かって言っていた。

「何があ」お前に言われる筋合いはない、とでも言わんばかりの、陽子の口調だった。

「何がって、これ、パクリじゃない」

「パクリじゃないよ！」陽子の返事は早かった。

「そりゃパクリでしょ、サダ子さんって言ってんだから」と貞子が言っても、

「じゃなくて」恵美里は相手にしなかった。「これ、露骨にアレじゃない」

「あれって？」貞子は恵美里の携帯を覗きこみながら尋ねた。

「これ『猫村さん』じゃない！」

陽子の顔から血の気が引いた。

陽子と恵美里のほか、その場にいた誰も『猫村さん』を知らなかった。恵美里が携帯で画像を出すと、それを回し見た貞子たちはいちように「ああー」と声を出した。『きょうの猫村さん』は、鉛筆画風のタッチといい、がらんとした空間の余白といい、猫のお手伝いさんという

ほんのりシュールな味といい、『このごろのサダ子さん』と瓜二つだったのである。

「これって人気なの」貞子が訊いた。

「今すごいよ」恵美里が答えた。「どこだか忘れたけど、ネットで火がついて、単行本売れまくってるもん」

恵美里の指摘は、不安に満ちていた陽子の堰を切ってしまったらしい。しばらく黙っていた陽子は、気がつくと下唇を心持ち突き出して、目に涙を浮かべ始めていた。

「パクリじゃないじゃん……」陽子は恨むように言った。「全然違う話だしさ……」

四十を過ぎて三児の母になった陽子の泣きっ面は、幼かった頃と何ひとつ変わりなく可愛らしかった。妹が涙ぐむと無条件に自分がひどいことをしたような気分になってしまうのも、貞子の常だった。

「明らかに狙ってるじゃない。あ・き・ら・か・に」

そんな陽子も恵美里にとっては六つも上の姉である。気の毒に思っているような様子は微塵もなかった。

「だいたい、名前がモロパクリじゃん」

恵美里は容赦なく、携帯画面の隅を指さした。そこにマンガの作者名があるのを見て、貞子は驚いた。ブログのタイトルが、ぼんやりママのヒマつぶし、とかいうものだったから、てっきり作者名も「ぼんやりママ」だろうと思っていて、別に作者名があるとは思っていなかったのだ。エピソードが一段落したところの欄外に、ごくごく小さな文字で「つきようこ」とあった。

「これ猫村さん描いてる人の名前、完全にパクってんじゃん」

「その人、なんていうの?」

「ほしよりこ」

貞子は危うくお茶を噴くところだった。

「やめてよ」貞子は口元を拭った。「なんだ、それじゃ最初っから、自分の名前丸出しで描いてたんじゃない。誰が描いたんだろうなんて、推理なんかして損したよ」

陽子はまだ泣くのを堪えている。貞子は口調を和らげた。

「まあ、こんな器用なことできるの、ウチらの中じゃ陽ちゃんくらいなもんだけどね」

「陽ちゃんは昔っから絵がうまかった」

八重子が言った。恵美里の携帯を遠ざけたり近づけたりしながらマンガを見つめて、笑顔だった。

「携帯って面白いことができるんだねー」八重子は感心していた。「画面が小さいけど、思ったよりよく見える」

「八重子、八重子」昭はいつの間にか、応接間の隅のパソコンの前に座っていた。「こっちで見たら、大きく見えるよ」

「あ、そう？」八重子は立ち上がって、昭と並んでパソコンの前に座った。やがて二人は笑い声をたてた。

「あれ？」恵美里は携帯を閉じた。「お父さんて、お母さんのこと、名前で呼んでたっけ？お母さんとかママとか言ってなかったっけ」

「お母さんが止めさせたんだよ」夏子がコントローラーを握ったまま答えた。「あたしゃあなたのお母さんじゃないって、きっぱり抗議したの。ネお母さん」

「そう！」八重子が答えた。

「ちょっと」貞子は不満だった。「マンガの話は、もうオシマイなわけ？」

「最初っからどうでもいいよ、そんなの」夏子は怒ったように言った。「ケンカの火種は潰して消すに限る」

「そうだそうだ」由貴がすぐさま母親に賛同したところを見ると、やはりずっと口論を気にかけていたのだろう。

「子どもじゃないんだからー」

親の言葉を覚えたのか、三歳の茉凜がそんな聞きかじりを叫んだので、大人たちは笑った。

貞子は仏頂面をして黙るしかなかった。陽子はまだ目玉をキラキラさせてうつむいていた。

「もうやめる」陽子は静かに、ふてくされた声で言った。「そんなに言われるんだったら、やめる」

「だって、私のこと勝手にネタにしてるから……」貞子の声も少し、しんみりとしていた。

「お姉ちゃんのこともあるけど、パクリとか言われたし」陽子はそう言って、ため息をついた。

「クレームとか来て、炎上したらイヤだし」

「クレームは来ないよ」

ずっと貞子の隣にいた梶本さんが、しっかりした声で言った。

「絵のタッチが似てるってだけで、題材は全然違うでしょ」

「だけどその題材が貞子じゃない」貞子がそう言っても、

「貞子をネタにしたマンガとかコントとか、パロディ数えたらキリないじゃないか」梶本さんは一蹴した。「貞子を扱ってる会社は、むしろ歓迎してると思うよ。話題になってるってことだから。――それに陽子さんはこれ、タダで公開してるんでしょ。会員制の有料コンテンツとかにしてないんでしょ。だったら問題ないよ。クレームとか炎上って、気に入らないサイトが話題になったり、道義的に付け入るスキがある場合にしか発生しないから、心配しないでいいよ。どうしても気になるなら、ペンネームだけ変えたらいいんじゃない？　『つきようこ』じゃ、自分からパクってますって言ってるようなもんだから」

貞子は少し驚いて、梶本を見た。

「あんた自分の顔をネタにされて、腹立たないの」

「立たないよ」梶本さんは笑った。「僕はねえ、陽子さんにこれ、ずっと描いてほしいくらいだよ。ほんとは僕、君にも黙っててほしかったんだ」

「黙ってられるか」貞子は頬を膨らませた。

「この人はね」梶本は陽子に向かって言った。「映画の貞子で人から何か言われるのが、ずっとイヤだったからね。それで髪の毛も短めなんだ。ほんとは伸ばしたいんだけど」

「伸ばしたくないですよ」貞子は少しだけ赤くなった。「この齢で髪伸ばすなんて。若作りしてるみたいじゃない」

「それくらい、貞子でからかわれたくなかったんだよ」梶本は貞子を見もしなかった。「だから、過剰反応しちゃうんだ」

「過剰反応ではないと思いますね」貞子は苛々とした。「勝手に、無断で、自分のことからかわれたら、誰だって腹を立てるのが当たり前じゃないでしょうか」

「ね？」梶本は陽子に言った。「からかわれてると思ってる。冷静じゃないんだよ」

言い返そうと口を開いた貞子に、梶本は向き直ってその目を見据えた。

「あのマンガ、ちゃんと読んでないだろう」梶本さんは優しかった。「あの中のサダ子さんはね、馬鹿にされてるわけでもないし、怖がられてもいない。テレビの中から出たり入ったりできるってだけで、普通に暮らしているんだよ。それにあのサダ子さんは、映画の貞子には似てるけど、君には全然似ていない」

「似てるよっ」

反射的にそう答えた自分自身に、貞子はぎょっとした。

「えっ」梶本も目を丸くした。陽子も顔を上げた。

「似てるんだよ。おんなじなの」口から勝手に言葉が出てくるような感じがした。「家でひとり言みたいに、自分に挨拶して、だまーって仕事して、部下とも上司ともろくにコミュニケーション取らないで、やることだけやって、嫌われもしない、好かれもしない、お局様で肩書きだけ出世して、いるもいないも同じみたいに生きてるんだよ私は。サダ子さんと同じじゃないの」

「ばかっ」梶本の声に、その場にいた家族一同がぴくりとなった。「僕がそんな女に惚れるか！」

一瞬、誰もが虚を衝かれたようになったが、すぐに恵美里が、

「クゥ〜！」と冷やかすように、

「ほー！」と青木さんが感嘆した声をあげた。

と、応接間に笑い声が起きた。嘲笑ではなく好意の笑声だった。

貞子は真っ赤になって背中を丸めた。反対に梶本さんは、背筋を伸ばしてまん前を見て、少し威張ったような姿だった。恥ずかしすぎて虚勢を張っているのだった。

「いいねえ」と昭が言い、「梶本さんて、そんなことダイレクトに言う人だったんだー」と夏子が感心し、心なしか子どもたちからも緊張がほどけていった。

ずっとタイミングを見計らっていたらしい、夏子と由貴と和也が、ここで冷蔵庫からとっておきのお土産を出してきた。「クリスピー・クリーム・ドーナツ」の大きなセットだ。新宿南口のサザンテラスで、三時間並んで手に入れたという。恵美里が歓喜の悲鳴をあげ、大人たちのあいだにビールやお屠蘇が回された。「サダ子さん」の話は、きれいにウヤムヤとなった。

賑やかになった応接間の中で、羨まれたりテレ笑いしたりしながら、貞子は内心で思っていた。それでも私は、マンガのサダ子とおんなじなんだ。何にも片付いちゃいない。正月休みが終わったら、またいつものようにテレビの中に入って行って、会社でキーボードを叩くだけ。仕事している私を見たことなんか一度もないのに、なんで陽子は私の全部を知っているのだろう、と。

第七図
「ユートピア」が通り過ぎる

写真：前列右より、睦恵美里（三十七歳）、睦茉凜（七歳）、睦八重子（七十四歳）、睦昭（七十五歳）、青木剛（七歳）。

後列右より、青木賢（十四歳）、梶本紀一（四十三歳）、睦貞子（四十八歳）、睦夏子（四十六歳）、睦和也（十七歳）、睦由貴（十八歳）、青木陽子（四十四歳）、青木正（四十七歳）。

睦家応接間にて、平成二十四年一月二日。


窓の外に歩いてくる由貴の姿が見えると、貞子と梶本は腰を浮かした。

「だからあ」

姉夫婦――入籍はしていないけれど、十年以上も一緒にいれば夫婦と同じだ――の様子を見て、夏子はうんざりしたように言った。

「なんともなかったって今、言ったじゃない」

しかし、「だよね」と答える貞子も、

「判ってる判ってる」と生返事をする梶本も、目は応接間に入ってくる由貴の方しか見ていなかった。

「おめでとう」由貴は明るかった。「久しぶりだよねー」

「由貴ちゃん大丈夫だった?」貞子は新年の挨拶もせずに尋ねた。「怖かったんじゃない?」

「へ?」由貴には何の話か判らないようだった。「何が?」

「身動き取れなくなったんでしょう?」貞子はたたみかけた。「新宿で」

「えええー」由貴は大仰に驚いてみせた。「いつの話い?」

由貴は苦笑し、夏子は呆れておせちをつまみ始めたが、貞子と梶本は、未だにあの時自分たちが由貴や夏子にしてやれなかったことについて、気に病んでいるのだった。

去年の三月十一日は金曜日で、貞子も梶本も仕事に出ていた。午後の仕事を始めてしばらくすると大きな地震が起こった。梶本の会社は常務の判断で即座に仕事を中止して午後三時に終業となったが、貞子は事実上仕事などできる状態ではなかったにもかかわらず、定時まで他の大半の社員とともに引き留められた。地震を理由に今から退社する者は欠勤とみなすという社長からの社内メールが届いたからである。――このメールは社員の誰かがSNSに公表して世間の攻撃の対象となり、取締役会で取り上げられて社長は社員に謝罪することになったが、それは地震から二週間も経ったのちのことだった。その日の貞子は部下たちと傾いだ棚を直したり、床に散らばったファイルや書類を片付けたり、インターネットやテレビで情報を集めたりしながら、梶本や家族の身を案じてやきもきするしかなかった。

退社後も歩いて帰るにはどの道をどう行けばいいものか、人ごみと交通渋滞の中を迷いつつ戻りつしながら、貞子は都内を何時間もウロウロしてしまった。梶本がツイッターのダイレクトメッセージで何十回となく貞子に連絡を取ろうとしていたと気がついたのは、十時近くにマンションへ帰りついてからのことである。

「何やってたんだよ。こっちは心配するじゃないか」

「だって携帯が通じないのにツイッターがつながってるなんて思わないじゃない！」

心配のあまり責めるような口調になってしまった梶本に向かって、貞子は泣きべそをかきながら口答えした。

「なんともなかったか？　怪我は」

「死にそうに疲れてるけど大丈夫。そっちは」

「それがさ、まいっちゃって……。由貴ちゃんがね……」

「由貴ちゃんがどうしたの」

貞子は何度か迷って途方に暮れた果ての、ようやくの帰宅だったが、しかし早く帰宅した梶本は梶本で、何をどうすることもできずにずっと狼狽《うろた》えていたのである。ツイッターだけでなく固定電話も通話可能になってからは、まず貞子の会社に連絡をしたが、本日の業務は終了いたしましたという録音のメッセージが繰り返されるだけだった。梶本はそれから郷里の静岡県富士見市に連絡して、両親や兄夫婦の無事を確かめたり、中断された仕事の今後を同僚と打ち合わせたりしていたが、貞子の安否が判らないうちは何をしてもどこか上の空なのが、自分でも感じられた。

そのうち睦家の誰かれから電話がかかってくるようになり、八重子にも夏子にも陽子にも同じ話——貞子はまだ帰宅していないこと、連絡が取れずこちらからの連絡にも応じていないこと、帰宅する交通機関がバスを除いてすべて運休しているらしいこと、マンションの外の道路は人も車も日が暮れるにつれてますます身動きが取れなくなっている様子だから、恐らく貞子は徒歩で帰宅していると思うこと、などを繰り返すしかなかった。そんな話を何度もしているうちに、不安が胸の中で膨れ上がっていくようで、梶本は面白くなかった。話を聞いている睦家の女たちの方は、そんな不安をまるで感じていない様子で、ああそうなんだ、梶本さんも心配ねえ、あの子も普段運動不足だからちょうどいい、などと呑気に笑ったりしているので、梶本は余計にヤキモキしてしまうのだった。

とはいえもちろん梶本ばかりがそんな、報告ともいえない報告を一方的にしていたわけではなく、睦家おのおのの様子も聞いたわけだが、昭が会社に泊まることを決めたほかは、ほとんど誰も大きな被害に遭っていないようだった。貞子が帰宅したときに伝えられるよう、梶本は皆の無事をいちいちメモした。夏子はパート先から自転車で帰宅、陽子は在宅で青木さんは徒歩で帰宅済み、恵美里は仕事先から車で帰り、賢、信、剛、茉凛といった子どもたちはほとんど学校が終わりかけていた時間だったので、いつもと大差なく歩いて帰れたようだった。

由貴と和也がどうしているかは、夏子も把握していなかった。

「二人ともアルバイトをしている高校生で子どもじゃないんだから、勝手になんとかしてるんでしょ」

梶本と話している時には、夏子はけろりとした口調で笑っていた。

夏子や恵美里の別れた夫が無事かどうかまでは誰も話さなかったし、梶本も興味はなかった。どちらの男のことも、大して知らなかった。子どもたちにとっては父親の消息が気になるだろうと、多少の気の毒さが心をかすめただけだった。まして梶本自身の別れた妻のことは、ちらと思い出しただけだった。離婚後半年を待たずに梶本の知らない男と同居し始めたという女のことなど、どうでもよかった。死んだら気の毒に思うだろうな、くらいのことは思ったが、その空想に現実感はなかった。

電話のあいだもリビングのテレビはつけたままで、そこでは宮城県や岩手県の惨状が、繰り返し放送されていた。南三陸町《みなみさんりくちょう》とか、名取川《なとりがわ》とか、聞いたことのない土地が容赦もなく津波に呑みこまれていく映像が、繰り返し繰り返し流れており、その合間に市原《いちはら》のコンビナートがとめどなく燃え盛っているさまや、お台場《だいば》の火事、屋根の落ちた九段会館、日が落ちてからは帰宅の足を奪われた首都圏の異常な混雑が、誰にもどうすることもできないまま、ただ放送されており、梶本はそれを見ているほかに何ひとつできることがなかった。いたずらに不安を膨らませるのはいけない、貞子と連絡を取る方法を考えるのが先だと、いったんはテレビを消してみるのだが、音のしない室内にただ立ちつくし、戸外の遠く近くから聞こえてくる消防車や救急車のサイレン、マンションの真下で不意に鳴り響く苛立ったクラクションの音に囲まれているのはさらに恐ろしく、何も知らないでいるよりはと、どうしてもまたテレビをつけてしまうのだった。インターネットの報道は錯綜し、ＳＮＳには東京都の蓄電があと二十分で切れるから首都は全部停電になるとか、民主党政権が悪いとか、タレントが船で国外脱出したとか、知りたくもない、むしろ知らない方がいいデマが横行していた。

電話一本かけてくるくらいのことが、なんでできないんだ。公衆電話を見つけてイエデンにかけてくりゃいいんじゃないか。不安のあまり腹を立てながら、何度もマンションを飛び出して闇雲に貞子を迎えに行こうとする自分を押しとどめているところへ電話が鳴った。梶本は文字通り受話器に飛びついた。

「ああ、梶本さんか」昭の声だった。「貞子はまだ帰らない？」

「そうなんですよ」

今かかってきたら割りこみ電話のコールサインが聞こえるはずだから、そうなったらすぐ切るつもりで梶本は答えた。

「そうかあ」呑気な声だった。「じゃあんたも大変だねえ」

「一人で気を揉んじゃって」

「いやあ、晩飯も作んなきゃいけないしなあ」昭の間延びした口調は、梶本にとって殆ど突拍子もなかった。「あんた、料理なんかできんの」

「いやまあ、できますけど……」

「あ、そーお。偉いねえ。僕なんかここ三十年くらい、包丁持ったことないよ」昭はそう言うと、アハハハと笑った。「いやもう、四十年以上かあ、アハハハ」

「お義父さんは、今、会社ですか」

入籍していないのだから「お義父さん」ではないけれど、普段から梶本は昭をそう呼んでいた。

「うーん」昭はまだ少し笑っている声だった。「帰れないんじゃ、どうしようもないからなあ。帰れる社員は帰って、僕とあと一人で、作業台の上に座布団敷いて、一杯やってから寝るつもりなんだけどね」

「大丈夫ですか。お身体痛くありませんかね」

「うん、まあ、背骨が伸びていいんじゃない?」

「そうですか」

「いやいや、こっちのことよりねえ」まるで呑気なのは梶本の方であるかのように、昭は用件を切り出した。「由貴のことなんだけどさあ。聞いた?」

「さっき夏子さん、どこにいるか判らないようでしたけど」

「それがさあ、新宿の南口にいるっていうんだよねえ」

「えっ」

東京のターミナル駅の周辺には、帰宅困難者が蝟集《いしゅう》して身動きが取れなくなっている人がたくさんいる、このままではパニックを誘発する恐れがあると、テレビスタジオに座った専門家が解説しながら、渋谷の地下や新橋駅前とともに新宿駅の南口の様子がヘリコプターからの映像で映っていたのは、ついさっきのことだった。

「いやあ、さっきまた夏子からお母さんのところに電話があって、由貴が今、アルバイトしてるらしいんだ。それがあのー、なんてったっけ、ほら、カイロプラスチックじゃなくて、ほら」

「カイロプラクティック」

「それそれ。それのバイトが新宿なんだってさ。そいで由貴から夏子に電話があって、帰れないらしいんだよ。それ聞いて急に夏子も心配になったらしくって、うちに連絡して、で八重子が僕んところに電話してきてさあ」

「そうですか……」

昭が梶本の家に電話した理由は明らかであった。

「いや、別に心配することはないって言ったんだよ、僕は」昭はその明らかな理由を否定してみせた。「梶本さんにどうのこうのってことはないんだけどね」

梶本の会社は青山にある。睦家の親族のうちで、新宿に一番近いところに通勤している。たまにではあるが車で出勤することもある。昭はそれを思い出したに違いなかった。

「僕行きましょう」梶本は話し続けようとする昭に言った。「車もあるし、住所さえ判ればピックアップできますよ。今夜はここに泊まって貰って」

「いやそれは無理だって」昭の声は少し大きくなった。「車なんか動かないよ、ひどい渋滞だもん。あんたまでひどい目にあうからさあ」

「なんとかなりますよ」梶本は頭を巡らせた。「南口まで行くのは大変だろうけど、様子を見ながらどこか手前で下りて、歩いて連れて来てもいいし。なんとでもなります」

「いやそれは悪すぎるって」

「ただ、とにかく貞子さんに帰って来てくれないと、身動きがとれないから」

「そうだよなあ」

昭は申し訳なさそうだった。そのつもりで電話はしたものの、いざ本当に引き受けられると、気まずくなったのかもしれない。

「由貴ちゃんがいる場所の住所と連絡先を教えてください」

「それも僕は判らないんだ。夏子に訊いてみるけど……、すまないなあ……」

「いや、構いません。明日は休みだし」

住所を聞いて、またすぐ連絡します、と言って昭が電話を切ると、梶本は長い溜息をついた。車を出すのはなんでもない、彼にとっても由貴の身は心配だった。だが、それも何も、すべては貞子が帰ってきてからのことだ。こんなに長時間歩いているなら、ここに着いたらさぞかし疲労困憊しているだろう。その彼女をまた助手席に乗せて渋滞の中を出て行かせるわけにはいかない。しかし一人だけで行くとなると……。

貞子が寒い三月の夜に汗だくになってようよう帰宅してきた時、梶本は追い詰められたぎりぎりの精神状態だった。

「じゃ、由貴ちゃんまだ新宿にいるの」

「多分ね」

「多分てどういうこと？　ちゃんと聞いてないの？」

「だから、お義父さんは知らなかったんだって、詳しいことは」

「今から新宿なんてとんでもないよ。車なんか全然動いてないもん」

　貞子は見てきた光景を思い出して、目に涙をためた。

「救急車が……立ち往生してんの。まわりの車だって、そりゃ道あけてあげたいのにさ、よけるところがないんだもん……。見たことある？　サイレン鳴りっぱなしの救急車が一ミリも動けないところ。車で移動しちゃいけないんだよ、こういう時は」

「それ、テレビでもやってたよ。場所は違うだろうけど……。行かない方がいいのかな……」

「何いってんの！　由貴ちゃんをほっとくわけにいかないでしょ」

　貞子は恐慌していた。その姿を目の当たりにしている梶本にも、落ちつこうとは理性のごく表面のところでしか思うことができず、向かい合って立ったまま、無意味に手足を動かしていた。

　そこへ電話が鳴った。貞子が受話器を取った。

「もしもし？　……夏ちゃん？　うん、今帰ってきたとこ。由貴ちゃんどうした？　連絡あった？　どこにいるの？」

　夏子はどうやら、貞子の矢継ぎ早な質問をさえぎったらしく、貞子は急に黙って聞き役に回った。梶本は貞子と電話のあいだに割りこんで、スピーカーフォンに切り替えるボタンを押した。

「大丈夫だってお母さんにも言ったんだよ私」夏子の声には張りと、少しの苛立ちがあった。

「別に寒くもないし、元気でやってんだから、気にしなくていいの」

「でもバイト先なんでしょう？」貞子は梶本の顔をちらちら見ながら言った。

「バイトっていうか、研修だったみたい」夏子は答えた。「働いている先の先生の先生、大ボスみたいな先生が新宿の本店にいて、そこに習いに行ったら、コレんなっちゃって」

「じゃ、あんまり知らない場所なんじゃないの？」梶本が口を挟んだ。「普段のバイト先じゃないんでしょ？」

「普段のバイト先じゃないし、知ってる人もいないんだって」夏子はそう言って、クックックと笑った。「運がないね、あの子」

「何がおかしいのよう」貞子の眉間に皺が寄った。「知らない場所で知らない人に囲まれて、家にも帰れないでいるんじゃないの」

「いいの、いいの」夏子はうるさそうだった。「あの子、誰とでもすぐ仲良くなれるから」

「そういう問題じゃないでしょ」貞子の顔は赤らんだ。「あの子、今夜どうすんのよ。電車なんか、全部停まってるんだよ？」

「だから大丈夫なんだって」夏子はうんざりした口調だった。「あたしがお母さんに変なこと言ったのが悪かったんだよなあ。年寄りだから異常に心配しちゃって」

「そりゃ心配するよ」

「それをまたお父さんに電話したんでしょ？　さっきお父さんから電話かかってきてさあ、梶本さんに由貴のいるところを教えてくれだって。モー馬鹿じゃないのあの人たち。ごめんね梶本さん、ほんとお気遣いなく。あの子は大丈夫ですから」

　夏子からの連絡は結局のところ、由貴は大丈夫としか言っていないのと同じで、貞子と梶本はモヤモヤした心配を抱えながらその日はまんじりともしなかった。翌日になって電話をかけると由貴は帰宅していて、ぐっすり眠っているというので、それならやはり昨夜はつらかったのだろうと思うと、やはり二人は落ち着いた気分にはなれなかった。

　そしてその気分は、翌年の正月二日に原宿の家で由貴の顔を見るまで、すっかり晴れることはなかったのである。もちろんその間、貞子も梶本も由貴のことばかり考えていたわけではなく、翌日からスーパーマーケットやコンビニエンスストアから払底した食料品やトイレットペーパーの不足に悩まされ、夜は計画停電があるのかないのか、あるとすれば品川区は含まれるのかとテレビのニュースから目が離せず、さらに福島の太平洋側にあるという原子力発電所が「爆発的事象」を起こしたという不可解な政府発表に呆然とし、それだけでも感情は破裂しそうだったのに、三日後には静岡県富士見市が大きく揺れた。梶本は夜中に郷里へ電話をしたが通じず、会社へメールで欠勤届を出して車で帰省した。両親も兄も無事だったが、食器棚が倒れ、仏間の壁にひびが入り、停電してガスも出ず、蛇口をひねると薄茶色い水が細々と流れるだけになっていた。ライフラインは翌日に復旧したが、何度目かの余震の後から、家の前の緩い坂道を粘土色の水が流れるようになった。梶本は家族と近くに見える富士山を見上げた。

その後、だんだんと余震も間遠になって、東京の様子も一見したところでは落ち着きを取り戻したように見えてからも、スーパーマーケットで葉物野菜が大量に売れ残っているのを見たり（放射性物質に汚染されているのではないかと主婦たちが恐れているらしかった）、生産地の被災によって販売されなくなった煙草のうちに、二人が吸っている「ピアニッシモ」が含まれていたり――いつの頃からか貞子は梶本同様、日常的な喫煙者になっていた――して、二人の心はそこはかとなく沈んでいた。

そういった、数え切れないほどの落ち着かなさに取り囲まれた中で過ごしていたからこそ、年始に由貴の顔を見て話を聞くのは、二人にとって大事だったのである。十八になろうとしている姪っ子と顔を合わせられる機会はめったにないのだから。

話を聞いてみると、貞子たちの心配や不安などは、まったくの杞憂だった。由貴のアルバイト先がカイロプラクティックの整体院だったことを考えれば、心配などする必要はなかったのだ。由貴の話によると、あの日に帰れなくなった新宿の整体院は芸能人も通うような高級店で、地震と同時に客を帰してしまうと、従業員は施術用の少し硬いがゆったりとしたベッドがいくつも並んだ大きな部屋で、ポテトチップスやクッキーを食べながら、おばさんたちと一緒に朝までぐっすり眠ったという。

「なあんだ！」貞子は安堵して言った。「じゃ私たちよりずっとリラックスできたんじゃない」

「だい、じょーぶ、だって、百回は言ったよ私」夏子は呆れていた。「もう大人なんだから、由貴だって」

「そうか、大人かあ」梶本が言った。「じゃ、いよいよ今年は、お年玉はナシってことで……」

「あ、あ、あ」由貴があわてた。「おじちゃま、おばちゃま、あけましておめでとうごじゃいまちゅ」

「調子がいいんだから！」

梶本は苦笑してポチ袋を渡したが、その表情の片隅には、本気で面白くなく思っている気配があった。

由貴がやって来て、おおむね集まれそうな家族は揃ったと見た貞子は、

「これ持ってきたんだけど……、食べる……？」

そう言って、エコバッグの中から箱に入った黄色いお菓子を出した。

「何それーおいしそー」陽子が早速手を出した。

「『ままどおる』知らない？」貞子が素早く言った。「福島のお菓子なんだけど」

「へえー」陽子はひとつつまんでビニールをむしった。「あー、おいしいね、これ」

「どれどれ」八重子も取った。

「私、知ってる。食べたことある」由貴は二つ取って、和也に渡した。「これやばいんだよ」

みんながおいしいおいしいと言って「ままどおる」を食べるのを、貞子はじっと見ていた。

「実はですね」梶本が苦笑しながら言った。「これ、まだまだ沢山あるんですよ」

貞子はエコバッグから、次々に「ままどおる」を出しながら言った。「五箱あるの」

「ええー」夏子がもぐもぐと言った。「なんでそんなにあんの？」

「それがさあ」と言いかけた貞子も、お菓子を口の中に放りこんだばかりだったので、

「いらないって言われちゃったんですよ」梶本が後を続けた。

「怖いからって」

「何が怖いの？」

そう言ったのは、八重子だけだった。ほかの家族たちは、

「あーやっぱり」とか「いるんだねえ」とか言って、いちように顔をしかめた。

「何がやっぱりなの」八重子はそんな皆の反応を不思議がった。

夏子が食べかけのお菓子を持って言った。「ほら、これ、福島のお菓子だから」

「福島のお菓子だから何よ」

「シーベルトだから」由貴はそんな、答えにもなっていないことを言う。

「汚染されてると思ってんじゃないの？」陽子がずばりと言った。

「『ままどおる』があ？」八重子は大仰な声でそう言って、「バッカみたい！」と笑った。

「いるんだよねえ」夏子は呟くように言った。「福島ナンバーの車に石投げるような奴が、ほんとにいるんだから」

「おみやげに二十箱くらい買って、たいていは受け取ってくれたんですけどね」梶本は言った。

「なんだかんだ、理由をつけてこれだけ返されちゃって。リスク回避だとか、僕はいいけど女房が嫌がってるとか」

「じゃ、これ一個持って帰っていい？」夏子はそう言いながら、返事を聞く前にひと箱つかんでいた。

「持ってって」貞子が微笑んだ。「陽ちゃんも恵美ちも、良かったら。お母さんも」

「取っといてー」ソファに座って携帯電話をいじっている恵美里は、目も向けないまま言った。

「またカレシか」陽子は夏子にだけ聞こえるように言ったのだが、

「カレシじゃない！」恵美里は耳聡く答えた。「人聞きの悪いこと言わないで」

「いーじゃない」夏子は恵美里と、恵美里をややからかっている様子の陽子に言った。「歳とって子どもがいるからって、カレシ作っちゃいけないなんてことはないんだから」

「そーゆー意味じゃない」恵美里は携帯をたたんで、夏子を睨んだ。「おかしいなんて、ハナから思っちゃいないの。まだカレシじゃないってこと」

「だってあんた、人聞きが悪いって」

「茉凜がいるでしょうに」恵美里は「ままどおる」を取った。「誰だってお母さんにカレシがいたら、いい気持ちしないでしょ。たとえお父さんと別れたあとだって」

「すいません……」夏子はしょんぼりと肩をすぼめて、恵美里に紅茶をいれてあげた。

「地震の時、つくづく思ったよ私」恵美里はお菓子を食べながら喋り続けた。「男じゃなきゃできないことが、やっぱあるんだなあって。ヘトヘトになっちゃったもん」

「私も」

夏子は言ったが、またしても恵美里に睨まれただけだった。

「夏ちゃんはカレシいるじゃない。あん時だって助けて貰ってたでしょ。私はほんと一人だった。茉凜を迎えに行くこともできなかった。帰ったら食器棚が傾いてお皿やガラスが割れてる中に茉凜が一人で泣いてた。ほんとパニックだった。離婚して初めてだよ、アイツんところに私から電話したの。したら携帯通じないし。携帯しか持ってないしアイツ。しょうがないから茉凜と歩いてここまで来て泊まったんだよ」

「茉凜ちゃん、かわいそうだったねえ」八重子がしみじみと言った。

「あれからしばらく、オネショするようになっちゃったもん、あの子」恵美里はあの頃を思い出したらしく、少し目を光らせていた。「お母さんがいなかったら、私頭がおかしくなってたと思う」

応接間の姉妹が静かになって、恵美里は我に返ったように梶本を見た。

「なんの話だっけ。そうカレシ。だからね、人手があった方が全然いいの。男ったって、そういうエロいアレじゃないわけ」

「労働力ね」途中から応接間に入ってきた青木さんが言った。

「そうっ」我が意を得たり、とばかりに恵美里は青木を指さした。

「労働力。やらしいアレじゃない。誰だっていいんだ別に」

「誰だっていいってことにはならないでしょ」梶本は話を聞きながら、何か考えている様子だった。「恵美ちゃんだって言ってたじゃない、まだカレシじゃないって。見極めてるんでしょ。誰だっていいなら、見極めないよ」

「そりゃそうなんだけど」

「でもそれは色っぽい意味じゃないって言いたいんでしょ。判るよ。恵美ちゃんが見極めてるのは、その人に頼りがいがあるかどうかってことじゃない？　相性とかじゃなくて」

「そうっ」恵美里は今度は、梶本に指を向けた。「相性がどうとか、そういうエロいことじゃないわけ」

「エロくないのはもう判ったから」貞子がうんざりして言った。

「あんまり強調してると、かえってなんか、ねえ」

「そうだよ」陽子も口をそろえた。「逆に、アレだよ」

「逆にアレって何」

「そんなことは別にいいけど」梶本はまだ考えていた。「そうか……なるほどね」

「何一人で納得しちゃってんのよ」貞子は梶本を、肘で軽くつついた。「何考えてんの」

「うん……」梶本はもごもごと答えた。「恵美ちゃんが、相性じゃないって言っていたのがね
……考えさせられる」

「じゃやっぱりアレが気になってるんじゃないの」貞子はつっこんだが、

「そうじゃないんだ」梶本は相手にしなかった。「『災害ユートピア』っていう本があるんだよ。ソルニットってアメリカ人の書いた本なんだけど、地震の後ちょっと評判になって、僕も読んだんだけどね」

「そうだっけ？」貞子は梶本を見た。「そんな本読んでるの、見たことないけど」

「気仙沼《けせんぬま》で読んだ」梶本は静かに答えた。「東京駅で買って、読み終わったら、一緒のグルー

プで瓦礫撤去してたボランティアの学生にあげちゃった」

「へえ。まあいいや、それで?」

「地震とか洪水とか、大きな災害が起こると、被災地にいっときだけ、みんなが協力して思いやって、立ち直ろうとするコミュニティが出来上がる……。そういう話なんだけどね。何しろ被災地でボランティアして、廃校の体育館に戻って雑魚寝しながらそんなもの読んでたから、思い当たることがずいぶんあった。

つまりね、みんなが協力して、人のために助け合う、そういうことができるっていうのは、まさに『相性は関係ない』からなんだよね。ボランティアやってる時、こんなことでもなかったら、こんな人とは生涯付き合わなかっただろうな、って人に、ずいぶん会った。話しかけても全然答えない人とか、逆にずーっと無駄口叩いてる人もいたし、人を見下すような口調でしか話ができない人や、実際にはほとんど働かない人もいた。

でもそういう人たちと、みんな一致団結するんだよね、被災地だと。目的が一緒だし」

「相性関係ないし」恵美里は真面目な顔で聞いていた。

「だけどね」梶本は続けた。「それってやっぱり、いっときのことなんだよね。僕が気仙沼にいたのなんて三、四日だけだったけど、帰りの新幹線じゃ記憶ないくらい、疲れて寝ちゃった。体力的にもきつかったけど、やっぱり人間関係がね、ちょっと気になりだすともうダメ。僕に根性ないからいけないいんだろうけど、やっぱり災害ユートピアって、限界あるんだと思ったよ」

「そーかー」恵美里は腕組みをした。「やっぱ労働力ってだけじゃねえ」

「じゃ、これはその時買ったの？」昭がそう言って、「ままどおる」の箱を取って、賞味期限を確かめた。

「いや、まさか」梶本は苦笑した。「ボランティアに行ったのは六月ですよ。これは暮れに郡山に仕事で行った時のです」

「ボランティア行って、仕事のパイプ作ってきたんだって。ビジネスチャンス」

「悪いことみたいに言うなよ」梶本は貞子を睨んだ。「福島の商工会が僕の仕事に興味があるって言うから、ネットビジネスのことで研修会をやってさあ」

「悪いなんて言ってないよ」貞子はなだめるように微笑んだ。

「郡山も、やっぱり風評被害はひどいのかな」昭がそっと尋ねた。

「みたいですねえ」梶本は答えた。「あの辺の人たちがみんなそう思っているとは思わないけれど、僕の会った人たちは内心、風評被害には独特の感情があったみたいですね。なんでもかんでもフクシマでくくられたら迷惑だ、なんてこと、言ってた人もいましたからね」

「福島っていうのは、浜通りと中通りと、会津と、三つに分かれているからね」昭が言った。

「文化圏というか、人の意識もずいぶん違うみたいだね」

「風評被害の話も出たんですけど」梶本はちょっと顔をしかめた。

「それよりあっちの人たちが気にしているのは、震災のことをどうも、世間は忘れていってるんじゃないかってことなんです」

「忘れてないでしょー」という八重子の大声と、

「ああ、やっぱり」という昭の呟きが、同時に漏れた。

「震災バブルって、いうんですってね。三月の十一日から夏ぐらいにかけて、ボランティアがうわっと集まったでしょ。僕もその一人だけど、そん時、ボランティアがずいぶん東北一体に、お金を落としていったみたい。それが秋ぐらいから、潮が引くように減ってきたんだそうです。『意識高い系の人は来るんですけどねー』なんて言ってましたよ」

梶本は、そして貞子も、さっきからの家族の口吻《こうふん》の中に、あるいは由貴の件や、屈託なく「ままどおる」を頬張る様子に、同じものを感じていたのだった。あれから九か月しか経っていないのに、震災はもう、彼らにとって遠い出来事になってしまったのではないか。

テレビでは今でも震災の被害や復興についてさかんに報道しているし、「今年の漢字」――すでに「去年の漢字」だが――は「絆」に決まった。年初の分厚い新聞にも、東北支援や原発に関する記事が目だっていた。

だが……街を歩く人たちの様子はどうだろう。会社での話題や、こんな風に家族で集まった時、人はまだ震災のことを気にかけたり、恐れたりしているだろうか。直接的な被害に遭っていない人たち、知人が津波で流されたり、家が倒壊したり、そういった被害に遭わなかった人たちは、むしろあの不安な日々から解放されたことの方に、心が傾いているのではないか？

被災や原発事故の推移を注視し、一時すっかり払底したスーパーマーケットの生活用品や食品（それに煙草）がもとに復してからは、人々は殆ど意識して、積極的にあの震災を忘れようとしているかのようだった。二人の人間が二週間、水道や電気が使えなくなっても生きていかれるだけの水や食料、懐中電灯やラジオ、消毒液やビニール袋（あと煙草も）を、クローゼットの一隅にまとめて置くようになった貞子と梶本の目から見ると、なんだか自分たちの方が、「過去の災害」に引きずられているようにさえ思える。

すべての通常放送を取りやめて、果てしなく臨時ニュースを流し続けた民放テレビ局は、はじめのうちコマーシャルをまったく流さず、やがて——アナウンサーやスタッフを切り替え、休ませるためであろうか——公共広告機構（ＡＣ）のＣＭを繰り返し流すようになった。「たのしーい、なかまーが、ポポポポーン！」という、あの意味不明のＣＭソングは、今でも梶本たちの耳にこびりついている。何かの拍子に思い出すと、震災直後の蟻地獄のような不安が一緒に蘇ってきて、たまらなく不愉快になる。人々が震災を忘れようとしているように見えるのも、無理はないのかもしれなかった。

　しかしやがて民放各局がおずおずと商品のＣＭを流し始め、アニメやバラエティ番組も放送されると、東京はとにもかくにも活気を取り戻した。その活気には、復興支援だとか、日本を元気にしようとか、そんな旗印がついていることもあった。震災からひと月足らずで行われた都知事選挙では現職が当選したが、原発の再稼働に積極的な唯一の立候補者が都知事になったと貞子には見えた。日本中の原発が停止され、電力の消費量が不安視されて、節電やピークカット、ピークシフト、スーパークールビズといった言葉が呼びかけられたので、人々は極力冷房を使わずに夏を乗り切った。渋谷も新宿も、かつてに較べれば今もにぎやかな電光掲示の広告などは控えられている。だが大晦日の東京は、それでも充分に明るかった。

　のど元過ぎれば……。そんな風に世の人たちを見てしまうのは、貞子や梶本が「意識高い系」だからなのだろうか。

　だが一方で、母や妹たちが「ままどおる」を頬張り、箱ごと持って帰ろうとしているその無邪気さは、貞子にとって心の安らぐものでもあった。彼女たちは「フクシマ」の恐怖、目には見えず、詳しいこともよく知らない放射性物質や「シーベルト」への不安を忘れているか、そもそもそう深刻に感じていないからこそ、あのように明るく振る舞えるのだろう。だが……。

「あんた、ほんとに平気なの？」

貞子はいそいそと「ままどおる」の箱をバッグにしまっている陽子に尋ねた。

「何が？」

「放射性物質とかそういうことって、小さい子供がいるお母さんが、いちばん気にしているって聞いたけど」

「いちばん気にしてる」陽子は即答した。「夏ちゃんや恵美ちともしょっちゅうその話してる。甲状腺がんの話とか」

「そうなんだ」

子供がいない貞子は、その話題を彼女たちから持ちかけられないだけだったのか。

「だから平気なんだよ」陽子は続けた。「平気じゃないのはお姉ちゃんの方だよ」

「そうか」

「これ郡山のお菓子でしょ。郡山って原発からどれくらい離れてるか知ってる？　六十キロだよ。会津若松は百キロ離れてる。山もいっぱいある」

「詳しいなあ」

「だから調べたんだって。ネット見りゃ一発だよ。六十キロっていったらさあ……」

陽子はふとテレビに目をやった。箱根駅伝はとうに終わっていたが、ダイジェストかスポーツニュースか、往路で首位になったスター選手の柏原が、息を切らしながらも堂々とした態度でインタビューに応じていた。

「賢！」陽子は中学生になった長男に話しかけた。「駅伝て一区何キロだっけ」

「雑な質問すんじゃねえよ」賢はゲーム機から目を上げずに答えた。「一区二十一・三キロ、二区が二十三・一キロ、三区が」

「ああもういい。サンキューサンキュー」陽子は苦笑して、貞子に向き直った。「要するに一区二十キロちょっとだ。てことは、そこの戸塚から三区でしょ、四区が小田原で、最後が箱根なんだから、つまり原発から郡山は、こっから箱根の山奥までと同じだけ離れてるってわけ。判った？」

「はい」貞子はすっかり呑まれてしまった。

「しかもその六十キロの間に、山の凄いのがあるんだから。奥羽《おうう》山脈だか阿武隈《あぶくま》山脈だか、なんかそんなのが。梶本さんも言ったじゃない、福島だからってなんでもかんでも一緒ってわけじゃないいんだからね」

「すみません……」貞子はしょんぼりと謝った。

「それよりさあ」夏子が口を挟んだ。「あたしはアレが一番心配だった、浄水場」

「ああ、アレね」恵美里はすぐ判ったようだった。「私もすぐ調べてさ」

「浄水場ってなんだっけ」貞子が言うと、

「ほらあ、東京の浄水場から放射性物質が出たことあったじゃない」と陽子が、

「基準の倍だか三倍だか出たんだよね」と夏子が言い、

「私たちは関係なかったけど、お姉ちゃんとこ一番やばかったでしょ」と恵美里に言われて、ようやく貞子も思い出した。

「あった、あった！　あれ怖かった！　品川とか、東京都は全部危ないって言っていたよね」

「狛江《こまえ》とかは大丈夫だったんだよ」恵美里が訂正した。「取水の経路が違ったんだもん。友だちに世田谷に住んでる人がいて、狛江の公園行ってタンクで水汲んでたんだよ」

「あれどこの浄水場だっけ？」夏子にいきなり訊かれて、

「あれ。どこだっけ」

貞子は答えられなかった。答えられない自分に驚いた。梶本とともに、熱心に報道を追い、インターネットで情報を集めていたあの浄水場の場所も名前も、まるで思い出せなかった。あれ以来、貞子は決して水道の水を飲まず、食器を洗ってさえ、汚れを落としたあとは飲用に使うペットボトルの水で「水道水を洗い流す」ようにしているというのに。シャワーを浴びるのさえ抵抗を感じるようになったというのに。

「葛飾《かつしか》の、金町《かなまち》浄水場ね」梶本がすぐに助け舟を出した。「ヨウ素が出たんだ。四月には数値が下がったけどね」

「あ、そうなんだ。詳しいね」

「金町浄水場は、日本で一番有名な浄水場なんだよ」梶本は笑顔で言った。「『寅さん』に、取水塔がしょっちゅう映ってるから。『こち亀』にも出てくるんだって」

「そうなのお」

そう言った夏子が、ちらとこちらを見たように、貞子には思えた。

人のことあれこれ言っちゃって、自分だってどんどん忘れてるじゃない。

夏子にそんなつもりがないのは知っていながら、貞子は夏子の目を借りて、誰かにそう言われているような気がした。

終景図

楽しき終へめ

写真：前列右より、睦八重子（八十二歳）、睦昭（八十三歳）。

後列右より、睦貞子（五十六歳）、久保田夏子（五十四歳）、青木陽子（五十二歳）、睦恵美里（四十五歳）。

UR桜ヶ原第二十五棟406号室にて、二〇二〇年一月二日。（梶本紀一撮影）

乗り慣れない電車の乗り換えに手間取って、各駅停車だけが止まる小駅にたどり着いた時には、電話で告げた予定の時間よりも一時間以上遅れていた。

「電話しとこうか？　今来たって」という梶本に、

「いいよ」貞子は答えた。「あと五分だもん」

駅からの道は、迷いようもない。駅を背にして広々とした歩道を、ただまっすぐに歩いていくと、十字路の先に巨大な白い集合住宅が、二、三百メートル先の行き止まりまで並んでいるのが見える。そしてその行き止まりにあるのは公園だった。東京では滅多に見られない幅広の道路の両脇だけでなく、その奥にも左右にも、清潔で大きな建物が見えた。建物と建物のあいだには、公園のような遊歩道のような、芝生を敷き詰めた広場が見えた。勾配のまったくない平らな土地に、段差の殆どない道が続いていた。

人の行き来は少なかった。十字路にあるコンビニが店先にテーブルを出して、売れ残りの鏡餅を半値で売っていたが、店員は中でほかの用事をしているようだった。風は陽ざしの中を吹いて、冷たくはなかった。

何もかもがゆったりとして、清潔で、快適で、人工的な住宅街だ。

「しかし、ほんとにいいところだなあ」

しばらく黙って歩いていた梶本が、貞子の心を読んだかのように言った。

「そうね」貞子は答えた。「いいところ、とでも言うよりほかにない」

貞子の気持ちが判るので、梶本は軽く笑っただけだった。

いいよ来なくて、と言われていたのに、二人は来た。なかば勝手に押しかけるようなものだったが、別に追い返されるようなこともないだろう。夏子が一人で来ているようだし、恵美里も来るかもしれないと、ＬＩＮＥをよこしてきた。

久しぶりに妹たちの顔を見たいというだけなら、梶本が同行する必要はないが、どうしても行きたいと言うので連れてきた。その気持ちは、貞子にもよく判る。家で鮭の昆布巻きやちらしずしを作ってきたし、北千住でケーキも買ったので、梶本は荷物持ちにも役に立った。

脇腹に25と大書されている建物の四階だった。外観に特徴がない上に、なぜか表札を出している家はあまりない。部屋番号を覚えていないと、貞子たちもうろたえるところだった。

貞子がドアホンを押すと、濃緑の重そうな鉄のドアが開いて、昭がにこやかな顔を出した。

「おう。どうもわざわざ。明けましておめでとうございます」

無理に明るい声を出しているようにも、本当に肩の荷が下りて楽になった声のようにも、貞子には聞こえた。

玄関の前に短い廊下があって、右が浴室、左が寝室とトイレ、廊下の先がリビングとキッチンで、リビングの向こうにベランダがある。ベランダからはさっき貞子たちが歩いてきた広いまっすぐな道と、向かい側の建物が見える。ベランダに出るガラス戸が大きいので、室内には陽光が広々と入っていた。

「貞ちゃん?」リビングから八重子の声がした。「梶本さんも来てくれたの? あら嬉しい! ちょっと二人とも来て!」

貞子たちがリビングに入ると、八重子は新年の挨拶もそこそこに、座ったままスマートフォンを握った手で手招きをした。

「これ見て!」八重子はスマホの画面を二人に突き出した。「涼香《すずか》ちゃん!」

「涼香ちゃんて? ……ああ!」貞子はすぐには思い出せなかった。「由貴ちゃんの」

スマホの画面には、ディズニーのキャラクターがあれこれ描かれたブランケットにくるまれている、男女の別も判らない丸々とした赤ん坊が眠っている画像があった。

「太ってるでしょ」

夏子はキッチンにいて、鍋をかき回していた。

「可愛いなあ」貞子は画像に向かって、思わず微笑みかけていた。「涼香ちゃん」

「夏ちゃんもお婆ちゃんか」梶本が当たり前のことを言うと、

「そうよぉ」夏子は胸を張った。「お父さんとお母さんは、ひい爺さんとひい婆さん」

あっはっは！　昭と八重子が声を揃えて笑った。

「由貴はもう来たの？　ここ」コートを脱ぎ、置き場所を探しながら、貞子は訊いた。「由貴と旦那さん、えーっと」

「行方《なめかた》さん？　まだ来てない」八重子は答えた。「私たちが佐倉《さくら》に行って、見てきたの」

千葉の佐倉市で不動産会社に勤めている行方と、川崎で整体師をしている由貴が、どういう経緯で知り合ったか、貞子たちは知らない。表参道で派手に行われた結婚式には行ったが、結婚後は会う機会もなく、行方という人にも、披露宴の時に挨拶しただけだった。

由貴が行方と付き合い始めた頃から、夏子は交際を面白く思っていなかった。行方という男は、由貴より十歳以上年上ではあるが、真面目な性格で稼ぎもあるようだし、何より由貴が夢中になっているという。じゃどこが不満なんだと貞子が尋ねると夏子は、

「不満はないいんだけどお！」と駄々っ子のように叫んで貞子を笑わせた。

相手云々ではなく、夏子は由貴が手元を離れるのがイヤなのである。由貴はもう二十五だし、同居しているのはただ、家賃がもったいないからなのは判っているけれど、和也は自動車の部品を作る会社の社員寮に入ってしまったし、女手ひとりで育ててきた子、それも女の子となれば、人と分かち合えぬ思いもあったのだろう。披露宴で夏子は、気絶するんじゃないかと周囲がヒヤヒヤするほど泣き続けた。

ところが話にはちょっとしたどんでん返しがあった。結婚した由貴が佐倉に引っ越し、新婚旅行のバルセロナから帰ってきた頃、いきなり夏子は昭と八重子に、

「会ってほしい人がいるんだけど」

と言い出した。一年半ほど前のことで、夏子は五十を二つ三つ過ぎていた。

相鉄線の二俣川駅前で洋食店を営む久保田敦《くぼたあつし》さんは、人の好さそうな四十六歳の大男で、夏子が照れ隠しなのか姐さんぶっているのか、両親の前で説教したりあれこれ指示したり、偉そうな態度で何を言ってきても、ニコニコと顔を赤らめているばかりなのが、睦家の誰からも好感を持たれた。逆に口うるさい夏子の方が、皆の反感を買った。

以来久保田さんは何かにつけて睦家に顔を出し、去年の引っ越しの時も梶本や青木さんはもとより、貞子などよりずっと足しげく原宿の家に来て、力仕事など手伝ってくれたという。

「久保田さん、今日は?」

「今日は仕込み」夏子はキッチンから、大きな鍋を持ってリビングのテーブルに置いた。「明日からお店開くから」

「おとといも来てくれたしね」と八重子が言うので、貞子は驚いた。

「大晦日に？」

「ほら、応接間にあったソファ、久保田さんのお店の裏に、一時置いといてもらったでしょ。それ持ってきてくれたの」八重子はたった今貞子が座ろうとしたソファを指さした。「そのソファ、おとといまでなかったの。久保田さんが軽トラで運んでくれてさ」

「あの時は、本当に申し訳ありませんでした」話を聞いていた梶本が、貞子の隣に座りながら、頭を下げた。「なんにもお手伝いできなくて」

「いやいやいや」昭は笑った。「そんなのはどうだっていいんだよ」


昭から電話がかかってきたのは、五月のことだった。

「あのさあ」

大きな出来事を知らせる前に父がよくやる、のんきな口調だった。

「原宿の家をねえ、売ることにしたから」

「ああ……そうなの……」貞子は力なく相槌を打った。

覚悟していたことではあった。その方がいい、と思うのでもあった。

父の会社がここ数年、業績が思わしくないのは、父の口ぶりで察していた。もっとも昭は、貞子がまだ学生の頃から、家族の誰が会社の様子を尋ねても、

「いやあ良くないねえ。ひどいよ」

と笑顔で答えるのが常だったから、近ごろは誰もあえてその話に水を向けようとしていなかった。睦家の女たちは誰も父の会社を引き継ぐつもりはなかったし、父も望んでいなかった。

「お父さん一人で始めた会社だから、一代限りで終わらせようと思っているよ」

貞子は子どもの頃に、そう聞かされたこともあった。

原宿の家が負担になっているのが、姉妹たちの目に明らかだったのは、しかし父の会社のためだけではない。決定的だったのは、八重子の癌だった。

闊達でいつまでも大きな声を出していた八重子が、何をするにも億劫がり、笑顔が減ってきたのは、六年前のことである。

娘たちは初めのうち、母親の機嫌が悪くなっただけだと思っていた。歳を取ればそういうこともあるらしいと、知人から介護の話を聞いたり、テレビなんかで見聞きして、親が老けたと思ったことのない娘たちは寂しい納得をしていた。ところがやがて昭が、お母さん、痛がっているんだ、と打ち明けた。

昭も八重子も、娘たちの基準に照らせば、異常と言っていいほどの医者嫌いである。昭に至っては、「医者から薬を貰ったら、終わりだ」という名言まで吐いたことがある。そんな母親を車に乗せて、まず近所の病院に連れて行ったのは、夏子だった。

腹水がたまっているようですね、と言われた。手術をすべきだが、ここではできないと、市民病院への紹介状を渡された。市民病院で改めて検査をすると、腫瘍が見つかった。

すると昭と八重子は娘たち一人ひとりに電話をかけて、これ以上の治療は行わない、と宣言した。さいわい、市民病院に処方された鎮痛剤がある程度効いていて、日常生活に支障が出るほどは痛くない。辛くないわけではないが、医者に通うのは、もういい。

すぐにでも駆けつけたかったが、貞子の身体は土曜日まで空かなかった。昼前に原宿に行くと、昭が台所で食事の支度をしていて、八重子は食堂のテーブルの前に座って、どら焼きを食べていた。

「いいの」八重子は言った。「前よりは全然、調子も良くなってきてるんだから」

「腫瘍があるんだから」貞子は自分を抑えたが、それでも口調は険しくなった。「ちゃんと治療しないと」

「歳だから」昭が言った。「手術する方が、身体に負担がかかる。お母さんのことを考えたら、何もしない方がいいんだ」

「駄目だよ、そんなの！」そう叫んだとたんに、貞子の目から涙が落ちた。

「人間、歳を取ればこうなるの」悟りすましたように、八重子が言った。「順番ですよ」

姉妹たちは以前にもましてお互いに連絡を取り合った。母親の身を案じて、貞子も夏子も泣いた。恵美里は一日も欠かすことなく原宿へ行って、食事を作ったり買い物をしてやったりしていた。八重子は恵美里の前ではどら焼きを食べて笑っているが、食は細くなっているようだった。貞子は会社にいても母のことが気がかりでならず、新馬場では梶本の前で泣き続けた。

陽子が最も気丈だった。青木さんの親の介護や子どもたちの世話で忙しく、原宿に顔を出せる機会がいちばん少ない陽子だったが、命の摂理だとか人生とかを語り出し、さもさも心の準備はできていると言わんばかりの八重子と昭に向かって、

「そんなのはいいから、とっととショーカマ行きなよ！」

と一喝したのである。

「凄い声だった。家が揺れた」その場に居合わせた恵美里が、のちに笑いながら教えてくれた。

「お母さんビックリして、『へいっ』て返事してたよ」

大船のフラワーセンターにほど近いところにある、湘南鎌倉総合病院、通称ショーカマでの検査結果は、八重子と四姉妹が揃って聞きに行った。若い女医さんを老婆と四人のおばさんが、メモ帳を持って囲んでいる様子は、記者会見のようだった。

ＣＴスキャナーの画像で見る八重子の腫瘍は、素人目にも大きかった。

「太っておられるのではなくて、これが腹部にあるのです」女医は言った。「薬で小さくできればいいいですが、小さくならなければ、手術の必要があります」

「薬というのは抗癌剤のことですか」貞子が尋ねた。「副作用がきつい、という話をよく聞きますけれど」

「とりあえず、いちばん弱い抗癌剤を試してみましょう」女医はなだめるようだった。「それでひと月ほど様子を見て、その後の治療を考えましょう」

「いちばん弱い抗癌剤」は、八重子をずいぶん苦しめたらしい。朝飲むと午前中は何もできず、食卓につっぷしてしまうと母は娘たちにこぼした。やがてお腹は少しへこんできた、腫瘍も小さくなったと、昭から報告が来た。しかし貞子が様子を見に行くと、八重子は表情の豊かさは取り戻しつつあるものの、お腹がへこんだようではなかった。

腫瘍は驚くほど小さくなっていった。薬を飲み続ければ、手術の必要はないという。娘たちを安心させるための方便ではなく、本当にいちばん弱い抗癌剤だけで快方に向かっていることは、その後の八重子の様子を見れば一目瞭然だった。

「だけど、お腹はぜんぜんへこんでないよね」

昭を迎えに八重子が車で出た隙に、貞子が言うと、

「それがさあ」恵美里が困ったような声で答えた。「腫瘍が小さくなった分、皮下脂肪が増えたっていうんだよ。ただ太っただけなの」

抗癌剤の副作用に耐えるにはこれしかないと、近ごろの八重子は四個入りのどら焼きを、毎日一袋食べてしまうという。

「どら焼きで癌を直した人なんて、聞いたことないよ」

恵美里はにこりともせずに言った。

それから六年経つ。五年間再発がなければ、まず安心だと聞かされていた家族は、胸をなでおろした。しかしそれでも、八重子は老齢であり、原宿の二階家で暮らすのはつらいに違いなかった。夫婦の寝室やベランダは二階にあり、狭い階段を日に何度も上り下りするのは、病後いよいよ太った八重子の足には悪いだろう。

車のこともある。原宿は決して人里離れた場所ではないが、戸塚にも大船にも、歩いて行くには遠い。昭の通勤には、どうしても八重子が駅まで送り迎えをする必要がある。八重子は八十を過ぎた。

車を運転する必要のない、近くに手ごろなスーパーマーケットやクリーニング屋さんのあるところに、マンションでも借りられたらいいのに。金も出せないくせに、貞子はそんなことを思ったこともあった。そして同じことを、当事者である昭と八重子は、いっそう真剣に検討していたわけだ。原宿の家を売るというのは、娘たちが独立し、年老いて夫婦だけになった二人にとって、自然な選択だったのかもしれない。

しかし現実にそれを告げられると、やはり貞子は驚き、寂しさを感じないではいられなかった。しかも昭の話を聞いていると、それは余裕しゃくしゃくの引退などではなく、会社の借金を返済するためでもあるという。

「まあ、今のうちにあれこれ処分すれば、借金返してもいくらか残るし、年金も入るからな」

うまいことしてやったりと言わんばかりの昭の口ぶりに、貞子は割り切れないものを感じた。あの原宿の家は、確かに昭の所有物ではあるけれど、昭一人のものではないはずだ。親を助ける金のない娘たちに口を出す権利はないとしても、母はどう思っているのだろう。

「もう、大喧嘩したわよ」

昭の電話からしばらくして原宿に行くと、八重子は張りのある声で言った。

「何年も前からさ、お父さんの給料なんかずーっとなかったんだから。どうやって生きてたか判らないくらい。ホントよ。それがさ、しまいにゃこの家を売るときたもんだよ。呆れかえっちゃって。ぎゃーぎゃー騒いでやった私」アハハハハ！　八重子はヒステリックに笑った。

「お父さんはずうっとがんばってたよ」貞子は言った。「あんなにがんばれる人、いないよ」

「そうよ！」

そう叫んだ八重子の両目から、涙が噴き出した。

八月いっぱいで家を不動産屋に明け渡すことが決まったが、タイミングが悪かった。梶本の会社も同じころに移転することになっていたのだ。もとより昭も八重子も、家財の処分なんか自分たちだけでできるからと言っていたが、娘たちにとっては無論、そうはいかなかった。原宿にいちばん近いところに住んでいる夏子は毎日のように手伝いに行き、陽子もパートタイムを休んで足しげく通った。

貞子は数えるほどしか行けなかった。梶本の会社移転に貞子は関わらなかったけれど、日々の仕事にかまけてしまった。そのことを、のちの貞子はずっと悔やむことになった。引っ越しの重労働で、八重子がすっかり腰を痛めてしまったのである。もっと自分が行っておけばと思っても、後の祭りだった。

しかも八重子が最も苦労したのは、貞子が原宿に残していった、本やセルビデオやCDの処理だったのである。娘たちはおのおの、自分の持ち物を多かれ少なかれ実家に置きっぱなしにしていた。夏子の部屋には大小さまざまな健康器具が、陽子の部屋にはファッション雑誌のバックナンバーがあった。夏子と八重子は「ボディブレード」も「ロデオボーイ」も「ワンダーコア」も捨てることにした。陽子は型紙がついていた頃の「装苑」だけを持って帰った。恵美里の部屋から自分でも忘れていた十数年前の「SMスナイパー」が出てきて、姉妹たちに衝撃が走ったこともあった。

それらは捨てるなり取っておくなり、腹を決めれば処分は難しいものではなかった。分量が多くやっかいだったのが、貞子の集めた本や音楽や映画のたぐいだった。本は重くてかさばり、音楽はLPレコードからカセット、MD、CDが、映画はVHSやベータのビデオテープが、一万円近く出して買ったものから深夜の放送を録画したものまで、クローゼットの中に山積みになっていた。三倍速で録画した映画の中には、権利の関係なのか、再上映もソフトウエアの発売もなかったものもあり、そんな映画のタイトルをテープの背表紙に見つけるたびに、貞子は保存すべきかどうか、いちいち思い悩まなければならなかった。だが結局はVHSも音楽のMDも、内容に拘わらず捨てるほかなかった。今では再生することができないのだから。

結局残ったのはいくつかのDVDと本の山だったが、二十箱の段ボールを使い切ってもまだしまいきれない本のうち、持って帰るものを選ぶだけでも貞子は体力を使い果たしてしまった。しまいには何もかもが面倒くさくなり、もうこの中にどんな貴重なものが残っていても構わない、すべて古書店に売っちゃって、売れ残ったものは捨ててくださいと八重子に頼むと、貞子は自分の生活に戻ってしまった。

この時に貞子はもっとしっかり段取りをつけておけばよかったのだ。今は「ブックオフ」でも類似の古物商でも、古書に限らず、引っ越しで不要になった家具や食器まで一括して買い取ってくれる業者がある。インターネットで探せばいくらでもそういう業者は出てきて、日にちを決めれば向こうからやって来てくれる。それが八重子には判らなかった。母は貞子の本が詰まった重い段ボールを汗びっしょりになって車に運び込み、大きな古書店まで何往復もして、わずかな金にしていたのである。腰を悪くするのも無理はなかった。引っ越しがすっかり終わってからそのことを昭から聞かされた貞子は、しかし大きなため息をつくよりほか、何をしてやることもできなかった。

しかも家を引き払う準備をどんどん進めながら、昭と八重子は自分たちの引っ越し先を、梅雨が過ぎても決めていなかったのである。

もちろん話はしていたし、昭は具体的に動き、八重子を連れてあちこち下見にも行っていたようだ。初めのうちは、老後を過ごすのにいかにもふさわしそうな、伊豆あたりの別荘地はどうだろうという話になったが、行ってみると自動車がなければ生活できないような場所で、家賃も高かった。

それから八重子は年来抱いていた自分の希望を思い出した。

もう一度、東京で暮らしたい。夫婦は一九六〇年代前半の銀座で知り合い、表参道で結婚生活を始め、貞子はそこで東京オリンピックの前年に生まれた。あの頃のような生活が、八重子はしたかった。

昭が見つけた田町の古い賃貸マンションを見に行くついでに、二人は数十年ぶりに原宿――東京の原宿――から渋谷までを歩き、落胆し疲弊して帰ってきた。歩くのはなんでもなかったが、八重子も、会社と家を往復するだけの年月が長かった昭にとっても、明治神宮の前から明治通りを歩き、山手線の高架をくぐって渋谷に出るというだけの道すがらに、道路の曲がり具合や歩道橋といった僅かな痕跡のほか、思い出と重なるような光景を、まったく見つけることができなかった。街並みや歩きながらの見晴らしはもとより、道の勾配の具合さえ原形もとどめぬほど変わり果てていた。壁がないのに広々と屹立した、長い階段が空中にいくつも伸びている鉄筋の異様な建築物が、改造中の宮下公園だと知った時には、八重子も昭も言葉を失って立ちつくし、トラックにクラクションを鳴らされた。

「懐かしいんなら、また遊びに行くくらいはいいけど」帰りの電車の中で、昭は呟いた。「今から外国に暮らすのはイヤだよ」

八重子は同感の返事の代わりにため息をついた。

老人二人で新居を探すのにくたびれ果てた頃、救いの手が現れた。昭の会社に最後まで残っていた古参の職人が、自分の住んでいるURに空きがあることを教えてくれたのだ。昭はすぐ下見に行き、契約を済ませた。

それが今、二人の住んでいる埼玉の一室である。

「URって、テレビじゃ見たことあったけど、なんだか知らなかったんだよ」昭はそう言って笑った。「公団住宅が新しくなったんだね。ずいぶん新しくなった。昔は公団住宅っていったら、狭くてごちゃごちゃして、あんなとこ住みたくないって思ってたんだけど」

何もかもが新しく見えるのは、四年ほど前に建て替えが終わったばかりだからだった。もとあった団地をすべて取り壊して新しい建物を作っただけでなく、道路の整備拡張や、バリアフリーの街づくりをしたらしい。よく知らないが、きっと最新の都市論だとか高齢化社会に相応した環境への提言などを、取り入れられるだけ取り入れたのだろう。すっかり仕上がったところへ昭と八重子は、その上澄みを掬うようにして快適な住まいを手に入れたわけで、運が良かったと昭が満足しているのも無理はなかった。

だが満足が昭の心の中にあるすべてだとは、娘たちには思えなかった。娘たち自身もそれぞれが、ただ寂寥感と言って納められないようなものを、胸のうちでごちゃごちゃとさせていた。娘たちの割り切れない感情は、引っ越しが終わったすぐ翌日に、恵美里が姉たちへ一斉にLINEで送った画像のためでもあっただろう。恵美里はひと言も書き添えず、ただ三葉の写真だけを送ってきた。

それは半分が瓦礫となった原宿の家だった。ガレージだったところにショベルカーが入り、二階に向かってショベルを振りかざしていた。応接間はすでに跡形もなく、割れた木材や植木鉢の破片の上にトラックが停まっていた。壁が削られて家の中が剝き出しになり、八重子が図書館で借りたオペラのCDを聴いていた二畳ほどの小部屋や、恵美里がボーイフレンドとキスしていた離れの部屋の壁が、すべて巻き上がった粉塵で灰色になっていた。

夏子が「泣いてる」と書いてよこした。

陽子が「早すぎるでしょ！」と返信した。

「ピアノはどうしたんだろう？」という貞子の質問には、誰からも応答がなかった。

「明日には更地だよ」恵美里はそれだけ書いた。

そろそろ夕焼けの気配が迫るころになって、まず恵美里が来た。それからほどなく、陽子が食べきれないほどの唐揚げとチョコレートケーキを持って来た。そうなってみて初めて貞子には、昨日の電話で八重子が、来なくていいよ、と言った意味が判った。

部屋の中に、入り切らないのである。浴室とトイレを除けば、寝室とリビングしかないURに、昭、八重子、貞子、夏子、陽子、恵美里、それに梶本の大人七人が集まると、テーブルから台所やトイレに立つにも人の中をかきわけるようにしなければならない。だいいち、椅子が足りない。頑として台所に立ち続ける八重子や、何年たっても客人扱いをされる梶本はリビングに残し、姉妹たちと昭はかわるがわる寝室に移って、ベッドに腰かけなければならなかった。

原宿の家と応接間を、どうしても思い出してしまうのは、貞子だけではないようだった。けれども誰も、原宿の家の話を持ち出さなかった。

「ここは、本当にいいところですねえ」

しばらくはおとなしくリビングに座っていた梶本は、与えられた椅子と背後のスペースの狭さに辟易したのか、立ち上がって寒いベランダに出た。ベランダには小さな白いプランターが並べられていて、野菜が芽を出していた。

「日当たりがいいから、育ちが早いんだ」

付き合って出てきた昭が、嬉しそうに言った。

「小松菜なんか、もう暮れのうちに食べられるくらいになってさ」

「早いですねえ」

だが梶本は家庭菜園には興味がなさそうだった。

「こんなに勾配のないところ、東京じゃめったにありませんよ」

「そうなんだよねえ」昭は笑って答えた。「東京もそうだし、神奈川もちょっとした上り下りが多いんだよね。ここは本当にまっ平らだから」

年寄りには助かる、と続くのは、言われなくても判った。

「電車のアクセスもいいですよね」梶本はさらに褒めた。「品川からここまで、人形町で乗り換えればすぐですからね」

実際には鈍行から急行に乗り替えたり、路線が判らなくなって構内をウロウロしたり、駅員に尋ねたりして、毎回ずいぶん手こずるのだが、慣れればさして手間をかけず、一時間ほどで来られるはずだ。

「まだ少し、銀行に行く用事が残っているんだよ」昭は言った。

「だから上野や秋葉原にいかなきゃいけないんだけど、殆ど直通みたいなもんだからね」

「埼玉っていうと、まるで関東の田舎みたいなイメージが、いまだにありますけど」梶本は真面目な顔で言った。「そういうのってもしかしたら、不動産業界あたりの印象操作なんじゃないかって思うことありますよ。ここらあたりの土地の値段をコントロールするための」

「そうかもしれない」

ここへ移ったのは正解だった、いつまでも原宿の家に留まらずにいて良かったのだと、梶本は暗に昭を励まそうとしていたが、そんな励ましが改めて必要なのかどうかは、誰にも読み取れなかった。昭は娘たちの前では、いつもニコニコしているだけだった。

さらに昭は、「ワイン飲むか」と言って、梶本を驚かせた。

うまいと思って酒を呑んだことは一度もない、という衝撃の名台詞を吐いて、昭が呑まなくなってから、十年ほどは経っている。その言葉通り、昭は娘たちの前でも、娘たちの連れ合いに誘われても、家でも酒を口にすることはなかったようだ。それが今、また飲まないかと梶本を誘っているのである。

「いやあ、あの人が送ってきちゃってさ、ホラ、あの」昭は言い訳がましくもなく、人の名前を思い出そうとするだけだった。「ええっと、あの、由貴の」

「行方さんですか」

「そうだ、行方さんだ」昭は笑った。「もう人の名前は、全然出てこなくなっちゃった。だけど、あいつらだって問題だよ。夏子のところなんか、由貴が行方で、和也が睦で、今度は夏子が、あれ、久保田になっただろ？　母親と長女と長男が、全員違う名字なんだから。覚えろって言う方が無理だよ」

「ほんとですね」梶本は笑った。

「とにかく、あの久保田さん、じゃない、行方さんが、暮れに引っ越し祝いとかで送ってきちゃって。シャブリのいいやつらしいんだよ」

「お義父さんがよければ、いただきましょう」

「たまだから」

家の中だし問題ないだろうと思いながら、梶本と昭がリビングに戻ると、姉妹たちは一人もいなかった。八重子が一人で、陽子の持ってきたチョコレートケーキを食べている。

「紅茶買いに行ったわよ」八重子はもぐもぐと言った。「ケーキには紅茶じゃないとねえ」

「紅茶買うのに四人で行ったのか」

「外の空気が吸いたいんでしょ。ここじゃ狭いもんねえ」

昭が問いかけたのを、八重子は梶本に向かって答えた。「もうちょっとしたら紅茶が来るから、梶本さんもケーキ食べましょ」

「先に食べてんじゃないか」昭が呆れたように言うと、

「まだ一個目だからいいのっ」八重子はふくれた。「誕生日なんだからね、私の！」

八重子の大人げない口ぶりに、梶本は身体を震わせて笑った。


そこらに売っているティーバッグで充分、と八重子も言っていたので、買い物は駅まで戻らず、途中のコンビニで済ませることにした。ついでにゴミ袋だの牛乳だのと、家の買い物をし始めた夏子と陽子を、残りの二人は待たなければならなかった。

団地と団地のあいだに広々とした空間がとられていて、プロムナードになっている。四人は大きな木の前に据えられたベンチに、並んで腰をおろした。

「寒いなあ」陽子は腰をおろすなり言った。「早く帰ろうよ」

「いいじゃない、めったに顔合わさないんだから」

貞子が弁護するように言った。夏子をかばっているのだった。

「言いたいことあるんでしょ、お姉ちゃん」恵美里が夏子を肘でつついた。「目くばせなんかしちゃって。大人げない」

「だって、みんなは言いたいことないわけ？」夏子は言った。「お父さんもお母さんも、こんなところに住んじゃって！」

「いいとこじゃない」陽子はあっさり言った。「バリアフリーは完璧だし、二人で住むには丁度いいいよ」

「ほんと、私もそう思う」恵美里が同調した。「お母さんも言ってたよ。買い物が便利だって」

「そいでお母さん、もうこのへんの人たちと顔見知りになったんだってね」貞子が言った。

「お父さんと一緒に、公園で毎朝ラジオ体操してるんだって」

「そうそう」

「そういうこと言ってるんじゃないの」夏子は思うことを、あらかじめ考えていたようだった。

「こんなところにいきなり住むなんて、おかしいって言ってるの。お父さんの故郷ったら北海道でしょ。お母さんは横浜だし。私たちは神奈川県民ですよ。それがさ、どこよ、ここ。埼玉県なんて、全然関係ないじゃない」

「差別だ」恵美里がニヤニヤした。「埼玉差別」

「埼玉が悪いっていってんじゃないの」近くに人もいないのに、夏子は声をほんの少し落とした。「埼玉なんて、睦家のルーツにないでしょ、って話」

「それはそうなんだよね」貞子には夏子の言いたいことも、その気持ちもよく判った。「何十年も原宿に住んでたのに、いきなりなんか、根無し草みたいになっちゃってね」

「そう、それ！」夏子は貞子を指さした。「根無し草！」

「ほんとだよ」恵美里が呟いた。「平成最後の根無し草」

すると陽子が静かに言った。

「あの二人は自分から自分の根っこを引き抜いたんだよ」涙をこらえているのかもしれなかった。「『終活』なんだよ、これは」

「判ってるよ、そんなこと」言われたくないことをずばりと言われた気持ちになったのは、夏子だけではなかった。「だけど……」

「ここ来るときさあ」恵美里が夏子の話を断ち切るように言った。「高速道路がさあ、河を渡るじゃない。荒川？　江戸川？　知らないけど……。あれ渡るのが私、イヤでイヤでさあ」

「電車でも渡るんだよ」貞子が言った。「イヤだよねえ。なんかまるで……」

「もういいから」夏子は殆ど怒っているような口調だった。

「埼玉っていうより、そういう場所に引っ越したってこと」陽子が言った。「それがつらいんだよ」

風が吹いてきた。日も沈んだ。

「寒い寒い」陽子は立ち上がった。「あたし近ごろ、寒いと頭痛くなっちゃって」

「更年期じゃない？」貞子が言うと、

「やっぱそうなの？」陽子は顔をしかめた。「更年期ってそんな症状もあんの？」

「知らないけど、私たちくらいになったら、調子悪いのってたいてい更年期でしょ」

「いやだねえ」恵美里が笑った。「歳は取りたくないもんだ」

「とか言ってるあんただって、もうじき五十じゃない」夏子が言った。

「やめてよ！」恵美里は本気で厭そうだった。「まだ五年もあるんだからね」

「それでも五年か」貞子はため息をついた。「恵美里が四十五歳だもん。こっちはババアになるわけだよ」

「生理終わった？」夏子が訊いた。

「それがかえって間隔が短くなっててさ」貞子は正直に答えた。「終わる前触れなんだと思うんだけど、二週間おきくらいにちょこちょこあんのよ」

「大丈夫なのソレ」恵美里が言った。「病院行った方がいいんじゃない？」

「行ってる行ってる。婦人科と、頭痛外来と、歯医者も行ってるし、最近向こうも調子悪くってさ」

貞子が梶本を「向こう」と呼ぶのは、みんな知っていた。

姉妹たちはなんとなく立ち上がって、両親の住むURの集合住宅を見上げた。広い敷地に、まったく同じ集合住宅が、街灯に白くぼんやりと照らされながら、果てしなく並んでいた。

帰ってみると昭と梶本が赤い顔をして笑っていて、室内にワインの匂いが漂っているので、みんな呆れた。ワインはもうあまり残っていなかった。夏子は、そんなら私もビールが欲しいと言い出し、本気でコンビニに戻ろうとしたが、陽子と恵美里が車で来ているから飲めないと気付いて諦めた。

「そんなことより、たった今聞いた話が、衝撃でさ」

父親がまた飲みだしたという驚きにも、自分らだけで飲んでいるという不満げな視線にも気付かず、梶本が陽気に言った。

「お義母さん、ここもいずれは引っ越したいんだって」

昭と八重子は笑っていたが、姉妹たちはおのおの、うんざりしたり驚いたりした。「なーに言ってんのぉ?」と陽子は叫んだ。

「だってこんな味気ないところ、いつまでもいられないに決まってるモン!」

一滴も呑めない八重子は、緑茶を飲みながら言った。

「横浜の磯子に、いいとこがあるんだって。昔風の一軒家で、お庭が広くて、池があって、なんとかっていう書道家の人が住んでたこともあるんだって。そういうところに住みたいんだな、私」

「お母さんがそんなところに住みたいなんて、初耳だね」

男たちからワインを取り上げ、手酌で飲み始めた夏子が言った。

「お母さんて昔から、ヨーロッパに憧れてたじゃん。フランスの田舎に別荘買おうとしてたこともあったし」

「あれは、ずいぶん本気だったんだ」昭が梶本に言った。「ノルマンディーの、海から少し離れたところに、いい家があってね。お母さんと二人で三回ぐらい見に行ったんだけど」

「あんな遠いところダメよ」八重子はエラそうに言った。「だーれも来てくれないじゃない。でっかい栗の木があっただけ。でも素敵だったわよ。フランスではフランス風の家がいいし、日本じゃ日本風がいいの。そう思わない？　いいこと言ったな私」

「ついこの間まで、東京でマンション暮らしがしたいって言ってたじゃない」陽子がせせら笑った。「都会がいいんじゃなかったの？」

「小津安二郎の世界……」八重子はうっとりと言った。「縁側があって、障子があって、鴨居……長押……欄間……」その目はここにない日本家屋を、天井までゆっくりと見上げていた。

「そんなところ住んだら、二人で一日中掃除ばっかりしてなきゃならない」昭が言った。「腰の悪い人にそんなこと、できやしないよ」

「家賃なんか、そんな高くないんだって」八重子は喋り続けた。

「磯子って高級住宅街でしょ。それなのにその家だけは、しーんとして落ち着いてて、すっごく住みやすいんだって。桃源郷だって言ってたわよ」

「そういう話を聞いて、人はブラジルに行った」

貞子が真面目な口調でそんなことを言ったので、みんな意表を突かれ、八重子は「えっ？」と聞き返した。

「ブラジルはいいよー。桃源郷だよー。土地はタダで手に入るし、野菜は何でもよく育って、牛でも豚でもすぐ肥える。耕した分だけ金になるって言われて、行ってみたら実際どうですか。岩だらけ切り株だらけ、病気だらけの土地しかなかったじゃない。あっちで日本人がどれだけ苦労したことか。うまい話にウカウカ乗ると苦労するよ」

「ほんとだよなあ」と昭が笑い、「一緒にしないでよー」と言いながら、八重子も笑った。

「ちぇっ」八重子は舌打ちでなく、口でそう言って立ち上がった。

「せっかく古い日本家屋で読もうと思って、本だって買ったのに」

立たなくていいよ、欲しいものあったら取ってあげるからという、娘たちの声を無視して、八重子は寝室に行って、文庫本を持ってきた。

「こういうのをゆっくり読んで、優雅に過ごすんだ私は」

八重子の丸い皺だらけの手の中にある本には、『口訳万葉集（上）　折口信夫』と書いてあった。

「本て今、高いのね。文庫本なんて昔は星ひとつで五十円だったのに、これ一冊で千四百円もするのよ。しかも上中下」

「よく見つけたね」陽子が言った。「最近、万葉集って売り切れ続出だって、テレビで言ってたけど」

「今はもう、どこ行ったって山積みよ。でも高いの。ほかのなんかこれと同じくらいの値段で、五冊買わないと揃わないんだって。でも、駅前のスーパーの二階にある本屋さん行ったら、店員さんがこれ勧めてくれたの。読みやすいですよって。ほんと読みやすいの」

「お母さんの読みたいところを見つけなきゃいけないから、新聞とかインターネットで探して、やっと見つけたんだ」昭が付け加えた。「お母さん、新しい元号のところにしか興味ないから」

「そんなことないって言ってんじゃん！」八重子は少し怒った。

「これからゆっくり、全部読むの。だけど最初はね、やっぱりそこから読みたいじゃない。知らないでしょあんたたち。お母さんが読んであげるから勉強しなさい」

そう言って八重子は、栞の挟んであるところを開いた。

「いい？

――むつき立ち～春の～きたらば～かくしこそ～、梅を折りつつ～楽しき終へめ～

これはね、えー、『今日に限らず、この後も、毎年正月になって、春が来着したら、こういう風に、いつも梅を折ってかざして、楽しさの限りを尽くして遊ぼうよ』って意味なんだって。判る？

――春されば～まづ咲く宿の～梅の花～、ひとり見つつや～春日《はるひ》暮さむ～、ってね。

『このお邸の梅の花は、春がくると、第一番に咲く花だ。それを自分ひとりだけが見て、永い春の日をば、楽しんでいてもしようがない。人と共に楽しもう』と、こうくるわけよ。ね？」

夏子が後ろから覗き見ると、句の番号に、鉛筆でマル印をつけているものがあった。八重子の好いた句なのだろう。

「――よろづ代に～年は来ふとも～梅の花～、絶ゆることなく～咲きわたるべし～

『いつまでも、年は立ちかわりやって来ても、梅の花は、いつの年も、絶えてしまうことなく、先続くことだろう』……。どうよ！」

八重子の朗読を熱心に聞いていた貞子が、ぱちぱちと拍手した。恵美里もそれに続いた。その目が光っているのを、梶本は見た。

「写真撮りましょうか」

梶本はそう言って、スマートフォンを取り出した。


八時には寝て、四時前には目を覚ますと言っていた昭と八重子だったが、その日は九時を過ぎても娘たちを引き留めた。そのくせ八重子はくたびれて目がとろんとし、久方ぶりにアルコールの入った昭は座ってニコニコしたまま舟を漕ぎ始めたので、娘たちはそそくさと片づけをしてURを後にした。

夏子はどうしても一杯やりたいらしく、陽子の車に乗って彼女の家に行くと言った。貞子と梶本は電車で帰るつもりだったが、恵美里が乗せてくれるという。二人は甘えることにした。

「万葉集、買お」平らな道をスイスイと運転しながら、恵美里は言った。「帰ったらアマゾンでポチろ」

「連続殺人鬼の本しか読まない恵美ちが、万葉集！」貞子はわざとらしく驚いてみせた。

「そう」恵美里は平気で笑った。「連続殺人鬼と、あと「SMスナイパー」しか読んだことないのに、万葉集！」

「感動してたもんね」後部座席から、梶本が優しく言った。

「お母さんが元気なんで感動したんだよね」涙のことを言われているのは判ったが、恵美里は恥ずかしげもなく答えた。「あんなところに隠居して、終活なんかしちゃって、なんて思ってたんだけど、相変わらず声はでかいし、あの万葉集の歌だって、生きる気マンマンじゃん？私たちより全然元気だよ。まいった」

末っ子で、同級生の誰よりも親が年取っていた恵美里は、八重子の体調が悪い日など、お母さんが死んでいたらどうしようと不安になって、走って家に帰るような子どもだった。

「だけどもう、六人じゃ会えないね」恵美里は言った。「あそこじゃ、狭すぎるもん」

「だからまあ、スカイプだね」梶本が言った。

「スカイプってよく聞くけど、なんなの？」

「恵美ちスカイプ知らないの？」

貞子はスカイプについて、知る限りを恵美里に教えた。

「へーえ」恵美里は感心した。「タダでテレビ電話ができるんだったら、いいね、便利で。みんなの顔も見れるし」

「ダウンロードしときな」

貞子は軽くそう言ったが、のちにスカイプがどれほど役に立つことになるかまでは、このとき、誰にも判らなかった。

初出
ＰＲ誌『ちくま』二〇一九年五月号―二〇二〇年八月号

百年と一日

柴崎友香

代々「正」の字を名に継ぐ銭湯の男たち、大根のない町で大根の物語を考える人、解体される建物で発見された謎の手記……時間と人と場所を新感覚で描く物語集。

空芯手帳

✻第三六回太宰治賞受賞

八木詠美

女だからという理由で延々と雑用をこなす人生に嫌気がさした柴田は、偽の妊婦を演じることで空虚な日々にささやかな変化を起こしてゆく。

藤谷治（ふじたに・おさむ）

1963年生まれ。小説家。日本大学藝術学部映画学科卒業。会社員を経て、東京・下北沢に本のセレクト・ショップ「フィクショネス」をオープン、2003年に『アンダンテ・モッツァレラ・チーズ』で作家デビュー。2015年、『世界でいちばん美しい』で第31回織田作之助賞を受賞。その他の著書に『いつか棺桶はやってくる』（第21回三島由紀夫賞候補）、『船に乗れ！』（第7回本屋大賞第7位）、『燃えよ、あんず』、『小説は君のためにある』など。

睦《むつ》家《け》四《よん》姉《し》妹《まい》図《ず》

二〇二一年一月三〇日　初版第一刷発行

著者　藤谷治

発行者　喜入冬子

発行所　株式会社筑摩書房

一一一－八七五五　東京都台東区蔵前二－五－三

電話番号　〇三－五六八七－二六〇一（代表）

印刷・製本　中央精版印刷株式会社

ISBN978-4-480-80500-3 C0093